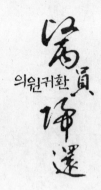

의원귀환 滿員┆選

FANTASTIC ORIENTAL HEROES

성상영 新무협 판타지 소설

의원귀환 7

성상영 新무협 판타지 소설

초판 1쇄 찍은 날 § 2014년 11월 17일
초판 1쇄 펴낸 날 § 2014년 11월 24일

지은이 § 성상영
펴낸이 § 서경석

편집부장 § 권태완
편집책임 § 박가연

펴낸곳 § 도서출판 청어람
등록번호 § 제387-1999-000006호
등록일자 § 1999. 5. 31
어람번호 § 제2-2547호

주소 § 경기도 부천시 원미구 부일로 483번길 40 서경B/D 3F (우) 420-822
전화 § 032-656-4452 팩스 § 032-656-4453
http://www.chungeoram.com
E-mail § chungeorambook@daum.net

ISBN 979-11-316-9271-4 04810
ISBN 979-11-5681-904-2 (세트)

성상영 新무협 판타지 소설

滿員海選

7

의원귀환

FANTASTIC ORIENTAL HEROES

도서출판 청어람

제1장	과거에는 알지 못했던 것들	7
제2장	독지(毒地)	27
제3장	운남 오독문	51
제4장	오독문에서	71
제5장	내가 다시 도산검림으로 돌아왔구나	99
제6장	암습	125
제7장	폐문(廢門)	153
제8장	의원은 머리 나쁘면 못 한다	173
제9장	어떤 생각을 하고 있냐고?	197
제10장	전쟁이다, 이놈들아!	221
제11장	뒷정리	251
제12장	거래	271

第一章

과거에는 알지 못했던 것들

과거에 대해서 가만히 앉아서 생각하다 보면,

점점 새로운 사실을 알아낼 때가 종종 있다.

그것은 알고 싶지 않았던 진실조차도 알게 해준다.

하지만.

진실은 알고 있는 것만으로도 가치 있는 게 아닐까?

강호야사 제갈곡

의원귀환

운남.

애뇌산.

어마어마한 독충과 독초로 가득한 곳으로 알려진 험준한 곳.

산이라고는 하지만 사실 봉우리만 스물네 개에 달하는 작은 산맥 같은 곳이다.

사람은 아예 살지도 않다.

애초에 애뇌산 인근에서 살아가는 사람들은 절대로 애뇌산 깊은 곳으로 들어가려고 하지 않는다.

지도나 길이 없는 건 아니다.

대부분의 애뇌산 주변의 사람은 한족이 아니며, 그들은 이 애뇌산의 토속민이라 길 정도는 다들 잘 알고 있다.

또한 애뇌산 인근 토속민에게는 독충과 독초에 대한 대응 방법이 구전으로 계속 전해져 내려오고 있다.

때문에 이들은 대부분 애뇌산의 독초와 독충을 채집하여 외부에 내다 파는 것으로 생활을 영위하고 있었다.

그러나 이들은 절대로 애뇌산 깊은 곳으로 들어가지 않는다.

애뇌산의 안쪽에는 그들로서도 견딜 수 없는 지독한 독충이나 독물, 독초가 가득하기 때문이었다.

그러나.

드물게 어떤 이들은 애뇌산 안쪽으로 진입해 들어가기도 했다.

바로 애뇌산에 자리 잡은 독의 명가인 운남 오독문 때문이다.

오독문은 과거 대리국이 세워진 시절에 무공을 익혔던 한족이 들어와 생겨난 문파이다.

중원에서 어떤 사연을 가지고 애뇌산까지 흘러 들어온 무인들은 직접 독공을 창안하여 익히기 시작했다.

그리고 이제는 완전히 운남 소수민족의 문파가 되어버렸다.

그들은 천혜의 독지가 옆에 있다 보니 어마어마한 독을 지속적으로 공급받을 수 있었다.

덕분에 날로 발전하여 지금은 강호에서 이대독문의 하나라고 부르고 있는 형편이다.

사천당가.

운남 오독문.

이 두 문파가 이대독문으로 꼽히는 것.

하나 그런 오독문의 사람조차도 애뇌산의 심처까지는 가지 않는다.

애뇌산의 일정 영역을 넘어서면 말도 안 될 정도로 지독한 독을 가진 생물들이 살기 때문이다.

산에 흔한 거미조차도 겉으로는 평범해 보이지만 실제로는 무서운 독을 갖고 있다.

그 독은 독공을 익히고 있는 무인조차도 반 시진을 견디기 어려울 정도.

그리고 그런 거미를 잡아먹고 사는 개구리와, 그런 개구리를 먹어치우는 뱀이 사는 곳.

가히 약육강식의 세계.

그런 애뇌산에 장호가 드디어 도착했다.

"후우. 드디어 왔네."

장호는 애뇌산을 보며 감회에 젖어들었다.

장호는 전생에서도 독술을 연구하기 위해서 이곳에 온 적이 있었다.

뛰어난 의원이었고, 독물을 다루는 데에도 일가견이 있던 장호.

그는 당시 애뇌산의 심처까지 들어간 적이 있었다.

물론 그러기 위해서 어마어마한 준비를 해야 했고, 그래서 거금을 쓰기도 했다.

하지만 지금은 아니다.

장호는 이미 평범한 독물이 묻다고 해봤자 생채기도 나지 않는 육체를 가졌다.

섭생과 호흡만 조심하면 독에 중독될 일 따위는 없는 것이다.

물론 섭생과 호흡을 조심하는 것은 장호에게 그리 어려운 일도 아니었다.

그뿐이 아니다.

장호는 선천의선강기를 대성하였고 내단을 형성한데다가 그 공력이 삼 갑자를 넘어서 사 갑자에 다가서는 중이다.

이미 인간을 초월한 육신을 지니고 있는 장호였다.

그의 독에 대한 내성은 어마어마한 수준이라고 할 만했다.

애초에 내공이 심후하면 독에 대한 저항력이 늘어난다.

선천의선강기가 아닌 다른 내가기공이라고 해도, 삼 갑자 수준이면 거의 백독불침에 이른다고 보면 된다.

하물며 선천의선강기는 질병과 독에 더더욱 강한 면모를 보이는 내가기공이 아니던가?

지금의 장호는 거의 만독불침의 경지에 이르렀다고 해도 좋았다.

적어도 사천당문의 칠대금용지독 정도가 아니라면 장호에게 실제적으로 피해를 입힐 수가 없는 수준인 것이다.

물론 칠대금용지독이라고 해도 장호를 확실하게 죽일 수는 없다.

다만 피해를 주는 수준일 뿐이다.

그만큼 선천의선강기의 공능은 막강한 것이었다.

하지만 그런 장호라고 해도 한 가지 신경 써야만 하는 점이 있다.

바로 먹지 않고는 살아갈 수 없다는 것.

물론 독에 대한 저항력이 어마어마하기 때문에 독초나 독물을 먹으면 연명은 가능하다.

하지만 그렇다고 그것들을 먹으며 사는 것은 너무 괴롭지 않은가?

독이 안 통하는 건 별개로 지독하게 맛이 없을 것이 뻔했다.

그래서 장호는 애뇌산에 오기 전에 이미 많은 준비를 했다.

건조 식량을 잔뜩 짊어지고 온 것이다.

식량만이 아니라 물도 잔뜩 짊어지고 왔다.

물과 식량을 합치니 적어도 사람 다섯 명이 들어야 들 수 있는 엄청난 크기와 무게였다.

독이 아니라 맛 때문에 이렇게 준비를 하고 애뇌산에 온 장호.

장호는 거침없이 애뇌산 안쪽을 향해 들어갔다.

"카아악!"

그렇게 얼마나 걸어갔을까?

색이 완전히 검은색인 뱀 하나가 나타나 그대로 장호에게 달려들었다.

몸을 구부렸다가 뇌전처럼 쏘아져 왔는데, 척 봐도 독기가 철철 흘러넘치는 독사 같았다.

콱!

그러나.

장호의 손은 허공에서 날아오는 독사를 정확하게 잡아챘다.

하지만 뱀이 아랑곳하지 않고 장호의 손을 몸으로 휘감는 것이 아닌가?

으직, 으직.

그리고는 가공할 힘으로 팔을 조여왔다.

장호는 제법 놀랐다.

"일반인의 뼈 정도는 단번에 부러뜨릴 정도인데? 뭐야, 오자마자 준영물급 독사를 만난 건가?"

장호는 신기해하면서 뱀을 바라보았다.

뱀이 머리를 잡힌 채로 사납게 노려본다.

장호는 그걸 보다가 피식 웃고는 그대로 힘을 주었다.

콰직.

뱀의 두개골이 뽀개지면서 뇌가 곤죽이 된다. 뱀은 힘을 쓰다가 부르르 떨더니 추욱 늘어졌다.

"허접하기는."

장호는 그렇게 죽은 뱀을 옆구리에 찬 가죽 주머니에 조심조심 넣었다.

어차피 마혈신외공을 익히려면 강력한 독력을 가진 독이 다량 필요하다.

비록 독지에 가서 익힐 생각이긴 하지만, 미리 준비해 두어서 나쁠 것이 없었다.

사사사삭.

장호가 걸음을 옮기는데, 사방에서 작은 생명체가 바스락거리면서 움직였다.

작은 거미, 지네, 그리고 이름도 모를 벌레들이었다.

그것들의 목표는 장호.

애뇌산에 들어온 맛 좋은 먹이를 노리고서는 다가오고 있었다.

장호는 그 기척을 느끼면서 헛웃음을 지어 보였다.

허허, 예나 지금이나 다를 게 없네.

예전에는 독충들이 싫어하는 향초를 몸에 바르고 들어왔었다.

곤충은 향기에 민감하기 때문에 그 향초를 바르면 독충들은 전혀 가까이 오지 않는다.

하지만 뱀과 같은 양서류, 그리고 전갈 같은 갑각류의 생물에게는 통하지 않는다는 단점이 있다.

그러나 그 정도만 해도 어디인가?

독충들만 물리쳐도 생존 확률은 크게 올라가게 마련이었다.

그러나 지금은 그런 향초를 준비해 오지 않았다. 그랬더니 곤충들이 파도처럼 달려들고 있는 것이다.

"쯧."

장호는 가볍게 기세를 일으켰다.

향초는 없지만 다른 것이 있다.

바로 유형화된 살기다.

살기(殺氣).

무언가를 죽이고자 하는 기운으로 살아 있는 생명체라면 이 기운을 두려워하지 않을 존재는 없다.

화아악.

장호가 가볍게 기세를 일으켜 살기를 섞어 퍼뜨렸다.

그러자 다가오던 독충들이 엄청난 기세로 도망을 치기 시작했다.

그 도망가는 모양새가 마치 원 모양의 파문이 이는 듯했다.

"살기를 줄줄이 흘리고 다니든가 해야겠구먼……."

장호는 그렇게 생각하며 앞으로 걸음을 옮겼다.

독지까지의 길은 이미 알고 있다. 그렇기에 장호는 거침없이 걸어 나갔다.

독충과 독물을 살기로 물러나게 하고서 장호는 무인지경으로 걸음을 옮겼다.

그러다 장호는 문득 몇 개의 기척이 빠르게 다가오는 것을 느꼈다.

보통 사람의 속도가 아니었다.

확실히 무공을 익힌 자의 속도다.

장호는 멈추어 기척이 다가오는 방향을 보았다.

척, 처처처척.

총 다섯 명의 사람이 장호의 앞에 내려섰다.

그들은 모두 검은 장포로 몸을 가렸고, 눈을 제외한 코와

입까지 가리고 있었다.

기묘한 모습이었지만 사실 저것이야말로 애뇌산에서의 정규적인 복장이다.

입과 코를 가린 천에는 분명 해독의 작용을 하는 약초 가루 같은 것이 묻어 있을 것이 뻔했다.

장호도 과거에 저렇게 하고 다녔으니 모를 리가 있겠는가?

다섯 명 중 단 한 명만이 여인이었고, 다른 이는 모두 남자였다.

오독문의 문도로군.

이 지역에서 저런 차림으로 돌아다닐 자들은 오독문밖에 없다.

오독문은 이대독문으로 치는 강호의 거대 문파 중 하나이지만, 사실 이들 오독문도는 강호의 일에 관심이 없다.

이들은 애뇌산 인근 부족민을 지키는 일종의 수호자이기 때문이다.

게다가 오독문의 문파 성격도 무언가를 지배한다거나 하는 것이 아니다.

이들은 독을 연구하고 그걸 어떻게 사용하면 애뇌산의 부족민에게 도움이 될까를 궁리한다.

최근 오독문이 강호 문파라기보다는 의방의 성격도 갖추게 된 것에는 그런 성향이 작용했다.

과거에는 여러 분쟁이 끊이지 않아 무공에 주력했던 그들이다.

하지만 지금은 독공을 기반으로 한 의술을 통해서 의약 사업을 시작한 상태다.

이는 장호의 의선문과 같은 일면이라고 보아야 했다. 아니, 어찌 보면 이들 오독문이 장호보다 원조다.

다만 오독문은 장호처럼 체계화된 어떤 사업 체계를 가지지 못한 것뿐이다.

그것은 어쩔 수 없는 일일 것이다.

장호야 전생의 경험도 있고, 그외에도 여러 가지 경험을 통해서 그런 체계를 만들어낼 수 있었던 것이다.

애초에 사업 수완이라는 게 누구에게나 있었다면 세상에 부자 아닌 사람이 없었을 터이다.

전신을 칭칭 감싸고 나타난 오독문의 무인들은 장호를 기이한 눈으로 보고 있었다.

그들의 기묘한 시선에 장호는 피식 웃었다.

그렇게 볼 만도 하다.

장호는 등 뒤에 자신의 키보다 족히 두 배는 되는 무지막지한 가방을 메고 있었던 것이다.

아니, 정확히는 지게를 짊어지고 거기에 엄청난 양의 물건을 보따리에 싸서 묶어놨다.

짐의 둘레만 해도 무려 이 장이나 되는 것이다.

이걸 짊어지고 독충으로 가득한 산을 걷고 있는 모습은 충분히 비현실적이었다.

게다가 지금 장호는 아무리 봐도 독지를 다닐 복장이 아니다.

그러니 이들의 표정이 이럴 수밖에.

슥.

"운남 오독문 순찰당주 오무연이라고 합니다. 고인은 어디서 오신 분이신가요?"

포권지례.

여성 오독문도가 앞으로 나서며 정중하게 인사해 왔다.

그녀가 그렇게 인사하는 것은 장호의 모습 때문이었다.

저렇게 큰 짐을 짊어지고 간소한 옷을 입고 이런 독지를 돌아다니는 이가 평범할 리 없다는 판단!

그리고 그 판단은 확실히 옳았다.

"산서 의선문의 문주로 지내고 있는 장호라고 하오. 살기를 피운 것은 독물을 쫓고자 한 것이었는데 그대들에게 미안하게 되었구려."

장호는 상대가 정중하게 나오자 마주 정중하게 대해주었다.

기실 지금 장호에게 사천당문과 운남 오독문은 그리 두렵지 않은 상대였다.

그 두 문파에 화경에 이른 자가 있더라도 이길 수 있다고 생각할 정도였다.

이유는 별게 아니다.

독과 암기, 둘 다 장호에게는 잘 통하지 않으니까.

이른바 상성의 문제다.

애초에 외공의 고수는 암기에 강하다. 몸 자체가 엄청나게 단단하니 암기가 통하겠는가?

거기에 더해서 장호는 독에도 엄청난 저항력을 가졌다.

때문에 더더욱 운남 오독문과 사천당문에게는 강할 수밖에.

전설의 무형지독이 아니라면 장호를 어찌할 수 있는 수단은 거의 없다고 보아야 했다.

사실 그래서 무인지경으로 들어온 면도 있었다.

오독문을 그리 조심할 필요가 없기 때문이다.

흠칫.

그런 장호의 정중한 대답에 오독문도들은 흠칫하며 놀란 표정이 되었다.

산서 의선문!

강호에는 아직 산서 의선문의 이름이 널리 퍼지지 않았다.

하지만 의문(醫門)이기도 한 사천당가와 운남 오독문은 의선문에 대해서 아는 것이 많았다.

의선문은 급속도로 세력을 확장하고 있으며, 현재 그 규모는 명문 대파보다도 더 거대한 면모를 갖추었다.

이대독문은 의선문에 대해서 이대로 시간이 지나면 명문 대파라고 할지라도 감당하기 어려운 거대 세력이 탄생하리라 분석하고 있었다.

그 정도로 의선문에 대해 신경을 많이 쓰고 있었다.

그럴 수밖에 없다.

이대독문은 의문이기도 했고, 그들 역시 일반 백성을 상대로 의방을 운영했다.

그리고 그런 의방에서 나오는 수익이 이들 사천당가와 운남 오독문 전체 수익의 상당 부분을 차지할 정도로 비중이 컸다.

사천당가의 경우 염권이라든가, 농지라든가 하는 다른 이권이 있어서 오 할 정도.

하지만 운남 오독문은 무려 팔 할 이상의 수익이 의약 사업에서 나온다.

그러니 무섭게 성장한 산서 의선문은 그들에게 요주의 존재이며 배워야 할 대상이기도 했다.

"의선문주께서 본 문의 영역에는 무슨 볼일로 오셨는지 여쭈어봐도 될까요?"

여인이 조심스러운 어조로 질문을 던져 왔고, 장호는 그 모습에 속으로 피식 웃었다.

"본인이 문주임을 믿으시나 보오?"

"용모파기를 본 적이 있으니까요. 단번에 알아차린 것은 아닙니다만……."

"내 스스로 정체를 밝히니 알아볼 수 있었다? 그렇다 할지라도 대단한 기억력이구려."

장호는 가볍게 감탄을 했다.

"본인은 이곳 애뇌산의 금지인 독지(毒地)에 용무가 있어 왔소. 내 알기로 그곳에 대한 소유권이 귀 문에 있지는 않으며, 사실상 살아 나온 이가 없어서 금지일 뿐 누구든 그곳에 출입해도 상관없다고 알고 있소만. 아니오?"

그것은 맞는 말이다.

애뇌산이 오독문의 영역이기는 하다.

하지만 법적으로든 실질적으로든 애뇌산이 오독문의 사유 재산은 아니다.

때문에 애뇌산에 누가 오르든지 오독문이 딱히 막을 명분은 없다.

게다가 장호는 독지로 들어가려고 한다지 않은가?

오독문인도 독지에는 들어가지 않는다. 독이 너무 지독해서 사람이 살 수가 없기 때문이었다.

물론 아주 잠깐은 들어갔다 나올 수 있긴 하다.

하지만 겨우 그뿐.

독지에서 일각 이상을 버티는 것은 오독문주가 아니면 불가능했다.

"확실히. 독지에 들어가는 것을 본 문에서는 제지하지 않고 있습니다. 한데 무슨 일이신지……."

"그것까지 밝힐 필요는 없을 거요. 하지만… 이곳이 귀 문의 영역이라는 것은 본인도 알고 있으니 답해 드리리다."

장호의 말에 다섯 명은 긴장한 기색으로 그를 보았다.

"독지의 독을 연구하고 무공을 수련하고자 독지에 들어가려고 하오."

독지의 독을 연구한다?

그리고 무공을 수련한다?

"문주께서는… 독공을 익히지 않으신 것 같습니다만……."

독공을 익히지 않은 이가 독지에서 왜 무공을 수련하려는 거냐? 하고 묻는 그녀의 말에 장호는 빙그레 웃어 보였다.

"물론 독공을 익히진 않았소만… 내 무공의 연공을 위해서 독이 필요하오. 그것도 아주 대량의 강력한 독이. 그러기 위해서는 독지만 한 곳이 없지."

장호는 그리 말하고는 손을 내저었다.

"자, 말은 그만합시다. 어차피 나는 독지로 들어갈 거요. 궁금하다면 따라와도 좋소."

장호는 그렇게 말하고서는 그대로 성큼성큼 걸음을 옮겼다.

따라오든지 말든지 신경도 쓰지 않겠다는 태도였다.

그런 장호의 태도에 순찰당주이며, 오독문주의 손녀인 오무연은 입술을 한 번 깨물고는 그 뒤를 따랐다.

"좋습니다. 그럼 독지로 들어가는 입구까지 동행해도 될까요?"

"그러시구려."

장호는 그들에게서 등을 돌리고는 그대로 걸어 나갔다. 그 뒤를 다섯 명이 조용히 따라나섰다.

[당주님, 저자의 말이 사실일까요?]

[모르겠다. 현재로써는 의도가 무언지 알 수 없어. 소한, 너는 본문으로 가 이 사실을 알려라. 우리는 우선 저자를 따라가야겠다.]

[알겠습니다.]

오독문의 무인들은 전음으로 대화를 나누었고, 이내 그중 하나가 즉시 떨어져 나가 달려가기 시작했다.

그 모습을 슬쩍 바라본 장호는 피식 웃었다.

어차피 오독문의 행동은 장호에게 아무런 관심도 없는 일이었다.

저들은 장호의 등장에 긴장했을 것이다. 어쩌면 그건 당연하다.

하지만 장호가 그들에게 뭔가를 할 생각이 조금도 없음을 저들은 모른다.

어차피 독지만 아니었던들 여기까지 오지도 않았을 것이다.

저벅 저벅.

장호는 입을 다문 채로 앞으로 걸음을 옮겨 나갔다.

곧 있으면 독지가 나온다. 그곳은 지금의 장호로서도 살아남으려면 상당한 노력이 필요한 곳이었다.

第二章

독지(毒地)

세상에는 진짜 괴이한 지역이 존재합니다.
사시사철 번개가 내리치는 지역도 있고,
유독한 안개가 흘러나와 살 수 없는 지역도 존재하지요.
그거야말로 대자연의 신비 아니겠습니까?

모험가

독지.

장호는 전생에도 이곳에 와본 적이 있었고 실제로 죽을 뻔하기도 했다.

독지는 상상 이상으로 위험한 곳이다.

가장 극악한 점은 이곳에 제대로 숨을 쉴 수 있는 공간이 없다는 데 있었다.

장호는 의원으로서 알고 있는 몇 가지 사실이 있다.

바로 '숨'에 대해서다.

사람은 폐를 통해서 공기를 받아들이고 이를 원활히 행하지 못하면 죽어버린다.

몸이 공기를 필요로 한다는 거다.

이는 물에 들어가서 익사하는 것만 보아도 알 수 있는 사실
이다.

그런데 공기 중에서도 '숨'에 맞지 않는 공기가 있다는 것
은 거의 알려지지 않았다.

예를 들어서 검은 연기.

이것을 들이마신다면 사람은 익사한 것처럼 '숨'을 쉬지
못하고 죽게 된다.

그뿐이 아니다.

공기 중에는 검은 연기처럼 눈에 보이는 것이 아니라 정말
로 무음무형의 유해한 공기도 있다.

그래서 이를 자각하지 못하고 들이마신다면 '숨'을 쉬지
못해서 죽어버리게 되는 것이다.

장호는 일찍이 이러한 사실을 알게 되고 사천당문의 무형
지독이 이러한 형태가 아닐까? 하고 생각했던 적도 있을 정도
다.

그리고 이 독지에는 제대로 '숨'을 쉬기 위해서 필요한 깨
끗한 공기가 거의 없다고 할 수 있었다.

그게 바로 독공의 고수라도 이 독지에서 살아남을 수 없는
가장 큰 이유였다.

공기가 없다.

숨을 쉴 수 없다.

독공의 고수이든 뭐든 간에 공기가 없으면 익사하는 것처럼 죽어버린다.

이곳에 있는 것은 공기 대신 가득 차 있는 '독기' 뿐.

때문에 여기가 절대금지인 것이다.

반대로 말하면, 이 공기 문제를 어떻게든 해결한다면 생존이 가능하다.

하지만 어떻게?

장호는 바로 그 해답을 알고 있었다.

부글부글.

장호는 전생에 연단술도 일부 배운 바 있었다.

그리고 연단술 중에는 공기를 맑게 하는 연단술이 존재한다.

바로 수형(水形) 정화법이라는 것이다.

약간 복잡한 장치 안에 물을 집어넣고 외부의 공기를 이 장치 안에 불어 넣는다.

그러면 여러 가지 장치와 물을 거친 이후 최종적으로 정화가 되는 형태의 장치였다.

이른바 공기정화기인 셈이다.

이 장치는 본래 수은을 정제할 때 생기는 안 좋은 공기를 정화하고자 만들어진 것이다.

연단술을 아주 깊이 공부한 이들이 아니면 모르는 장치였다.

장호는 전생에서도 이걸 가지고서 이 독지에 들어왔다.

지금도 마찬가지.

부글부글하고 독기를 흡수해 공기로 정화하는 장치를 입에 대고서 독지 안으로 터벅터벅 걸어들어 간다.

그 모습을 본 오무연은 경악한 표정이 되었다.

오독문에서도 저런 장치는 본 적이 없었기 때문이다.

"장, 장 문주님! 잠시만."

그러나 장호는 그녀의 말을 못 들은 척하고 그대로 들어가 버렸다.

그 같은 고수가 목소리를 못 들을 리가 없지만, 굳이 들은 척해서 귀찮은 일을 겪고 싶지 않았기 때문이다.

이윽고 그녀의 눈앞에서 장호가 사라졌다.

"저건 대체……."

"문주님께 보고해야 할 것 같습니다."

"그래야지. 저게 무엇인지 알아낼 수 있다면… 본 문도 마음껏 독지에 출입이 가능해진다. 서두르자."

"예!"

오독문도들은 빠르게 독지의 경계를 벗어나기 시작했다.

갔나.

장호는 기척이 멀어지는 것을 느끼며 안으로 들어섰다.

이 장치로도 이 독지에서는 한 시진 이상은 버틸 수가 없다.

하지만.

장호는 이 독지 안쪽에 사람이 기거할 수 있는 공간이 있음을 안다.

그곳은 깨끗한 공기가 있는 곳이고, 기이하게도 아주 맑은 물도 있는 장소였다.

그곳을 거점으로 삼는다면 이 안쪽에 존재하는 독의 늪을 이용하는 것이 가능하다.

그 독의 늪은 그야말로 지독한 곳으로, 모든 살아 있는 것을 닿는 즉시 녹여 버린다.

그나마 돌이나 금속 같은 것은 녹이지 않지만, 그것만으로도 얼마나 가공스러운 독인지 알 수 있다.

거의 만독불침에 가까운 장호라도 그 독을 그대로 견디는 것은 무리였다.

차근차근… 마혈신외공을 익히면서 천천히 가까워질 수

밖에.

장호는 그렇게 생각하면서 일단 움직였다.

한참을 움직였을까.

공기 정화기가 거의 수명을 다할 때쯤이었다.

장호는 드디어 목표로 하던 곳을 발견할 수 있었다.

기어서 들어가야 할 정도로 작은 동혈이 땅에서 삐죽 튀어나와 있다.

장호는 그 안으로 천천히 기어 들어갔다.

약 일각을 기어 들어갔을까.

서서히 통로가 넓어졌고, 장호는 일어나서 걸을 수 있었다.

동혈 안쪽은 지독히 어두웠고, 아무런 빛도 없었다.

장호는 곧 품에서 화섭자를 꺼내 불을 밝혔다.

화아아악.

동혈의 내부가 보였다.

장호는 안쪽으로 천천히 걸어 들어갔다. 그리고 곧 이어서 안쪽에서 희미한 빛을 발견했다.

작은 연못이 있고, 그 안쪽에서 빛이 흘러나온다.

아주 미약한 빛이지만, 장호 같은 고수에게는 충분히 주변을 둘러볼 수 있는 양이었다.

장호는 과거 이곳을 수정연못이라고 불렀었다.

독지를 연구하겠다고 기세 좋게 들어왔다가, 죽을 뻔하면서 찾아낸 곳이 여기이다.

물도 충분하고, 공기도 맑다.

어떤 작용으로 이곳 공기가 맑은지는 장호도 알 수 없었다.

여하튼 이곳이라면 휴식을 취할 수 있었다.

장호는 일단 식사부터 간단하게 하기로 하고서 짐을 풀었다.

부스럭부스럭.

짐을 이래저래 풀어놓고서 장호는 육포를 꺼내어 씹기 시작했다.

의원으로서 섭생의 균형에 대해서 알기 때문에 육포 외에도 말린 과일도 가지고 왔다.

육류만으로는 영양분을 제대로 공급받을 수 없기 때문이다.

여하튼 장호는 그렇게 가볍게 식사를 끝내고는 앉아서 운공을 시작했다.

내력을 소모한 부분이 조금 있었기 때문이다.

그리고 잠시 후, 장호는 도구 몇 가지를 들고서 밖으로 향했다.

독지의 독을 채집해 오기 위해서였다.

*　　　*　　　*

독지의 독은 보통 독이 아니다.

일단 색을 보자면, 혼돈을 담은 듯한 검은색이었다.

먹물보다도 더 까매서, 이게 대체 물이 맞긴 한 건지 의심스러울 정도였다.

그리고 향기가 엄청나다.

일반인은 그 향을 맡는 즉시 중독당해서 사경을 헤맬 수가 있다.

그뿐이랴?

손을 넣으면 그대로 손가락이 녹고, 혈관을 타고 독이 흘러 삼 초 만에 죽어버리게 된다.

장호는 그걸 청동으로 만든 특별한 병에 담아가지고 돌아왔다.

병의 마개를 단단히 막아서 독기가 새어 나오지 않게 한 장호는 일단 동혈 안으로 들어와서 자리를 잡고 앉았다.

"어디 보자… 마혈신외공은 우선……."

장호는 자신이 기억하고 있는 마혈신외공의 입문에 대해서 떠올려 보기 시작했다.

마혈신외공은 익히기가 꽤나 까다롭다.

우선 수련의 시작이 독초를 섭취하는 것부터가 바로 그러하다.

"아, 이거부터 먹을 필요는 없나?"

장호는 자신의 머리를 살짝 두드렸다.

생각해 보면 처음에는 약한 독초부터 먹는 게 시작이었다.

독지의 독까지도 필요하지 않는 것이다.

장호는 일단 청동병을 옆에 놓고 다시금 밖으로 기어 나갔다.

그리고는 한참 후에 적절한 독초를 가지고 돌아왔다.

천하에서도 꽤나 유명한 독초를 스무 뿌리나 채집해 온 것이다.

과연 애뇌산.

독초가 잡초처럼 널려 있었다.

장호는 우선 그것들을 복용하기 시작했다.

그리고 마혈신외공의 진기도인법에 따라서 진기를 운용했다.

후우우우우우.

진기가 움직이고 위장에서 소화된 독초들의 독력이 전신에 고르게 퍼지기 시작한다.

동시에 진기가 독을 두드리고, 몸의 세포를 두드렸다.

독을 이용해서 육신을 자극하는 것이다.

그러나 이내 장호는 한 가지 문제에 직면했다.

이 정도 독으로는 아무런 효과도 없다.

마혈신외공은 몸의 피를 독혈로 바꾸고 몸의 신체를 강건하게 만드는 마공이다.

때문에 익히는 것이 지극히 까다롭고 어렵지만, 익혀낸다면 초인이 되는 것이다.

문제는 독이 육체에 적응하고 자극하는 데에 있다.

선천의선강기의 영향으로 이미 인간을 초월한 육체를 가진 장호다.

그러다 보니 어지간한 독으로는 전혀 자극이 안 된다.

그냥 흡수될 뿐.

이건 장호도 예상하지 못한 일이다.

장호는 고민하다가 다시 밖으로 나갔다.

그리고는 한참 후에 돌아왔다.

아까 구해온 독초에 비해서 더 강한 독을 가진 것들이다. 그리고 그것들을 입에 털어 넣고 다시금 운공을 시작했다.

피시식.

이번에도 아무런 소용이 없다.

이건 심각하다.

장호는 어쩔 수 없이 애뇌산에 들어올 적에 만난 준영물급의 검은 뱀 시체를 꺼내었다.

위턱에 위치한 뱀의 독샘을 추출하고, 이걸 쭈욱 마셨다.

화아아악!

드디어 몸에 반응이 조금 온다.

장호는 마혈신외공의 연공을 시작했다.

*　　　*　　　*

흘짝.

장호가 이 애뇌산에 머문 지 벌써 한 달째.

가져온 식량은 아직 한 달치가 남았고, 장호는 현재 마혈신외공의 경지가 육성까지 올라 있었다.

이제는 독지의 늪에서 퍼 온 독을 직접 섭취해도 되는 경지에 이른 것이다.

장호도 예상하지 못한 엄청나게 빠른 성취였다.

사실 그것에는 이유가 있었다.

선천의선강기!

그것은 육체를 진화시켜 주는 엄청난 내가진기이다.

선천의선강기가 마혈신외공의 비의와 하나가 되더니 독의 흡수를 돕고 육체의 진화를 촉발시킨 것이다.

거기에 또 다른 변화도 있었다.

금강철신공이 변화한 것.

금강철신공은 진기를 육체에 부어 넣는 외공이다.

그를 통해서 내공을 따로 쓰지 않아도 근육을 강화하고 피부를 철과 같이 만든다.

일반적인 외공과는 달리 내장까지도 단련해 주는 공능이 있어서 절학으로 꼽히는 무공이었다.

그러나 한계가 있다 여겨지던 이 무공이 마혈신외공과 만나 버린 것이다.

이미 장호의 육신은 마혈신외공과 금강철신공의 힘이 하나로 합쳐져 버렸다.

금강마혈신공이라고 명명해도 좋을 정도.

물론 이 둘을 이어주고 합해주는 선천의선강기가 있었기 때문에 가능했다.

다른 이가 이 두 가지 무공을 익혔더라면 사지가 파괴되었을지도 모른다.

즉, 장호가 익힌 선천의선강기의 가장 큰 공능은 육신에 적용하는 외공을 제한 없이 익히게 해주는 데 있다고 할 수 있는 것이다.

장호는 마혈신외공을 익히고 나서야 그 사실을 알게 되었다.

여하튼 지금의 장호는 강기도 어느 정도 버티어내는 수준에 이르렀다.

강기를 버티어내는 수준이라니?

그건 즉, 검기와 검사는 이제 장호에게 아무런 장애가 되지 않는다는 뜻과 같다.

그렇다는 것은 이제 초절정고수는 아무리 많다고 해도 이길 수 있다는 의미가 된다.

초절정의 경지에 이른 고수만 해도 그 수가 많다고는 할 수가 없다.

그런데 이제 장호는 상대가 화경만 아니라면 필승을 장담한다.

즉, 강호에서 절대적인 위치에 오른 강자 중 한 명이 된 것이다.

"좋아. 이 정도면… 아예 독지에 몸을 담가도 되겠는데."

독지의 독을 홀짝이며 마시던 장호는 자신이 마신 독의 컵을 내려다보았다.

그는 이제 아예 독지에 몸을 담그기로 결심했다.

"나가볼까……."

장호는 장치를 챙겨서 밖으로 향했다.

독지의 독을 견디는 수준에 이르긴 했지만 그렇다고 해도 깨끗한 공기가 없다면 살 수가 없다.

그래서 장호는 최근 생각했다.

호흡을 하지 않고도 살 수 있다면… 그것이야말로 진정한 생육선의 경지가 아닐까? 하고 말이다.

생각해 보면 이 세계에 호흡 없이 살 수 있는 존재는 없다.

호흡이야말로 삶의 기본인 것이다.

척척.

장호는 공기정화장치를 들고서 독지에 도착했다.

독지에 들어가면 옷이 녹아버리므로 장호는 공기정화장치를 제외하고는 완전히 알몸이었다.

우선 손을 들어 안에 담그자 강렬한 고통을 느꼈다.

"크윽."

역시 조금 마시는 정도하고는 비교도 할 수 없는 독력.

하지만 그 상태로 장호는 마혈신외공을 운용하기 시작했고, 조금씩 흡수되는 독력을 온몸으로 돌렸다.

으직으직.

좋아. 잘되어 간다.

장호는 쾌재를 불렀다.

그리고 그 자리에 꼼짝하지 않고 앉아서 공기정화장치의 기간이 거의 다 되도록 연공에 몰두했다.

공기정화장치의 시간이 다 된 뒤에야 장호는 자리에서 일어나서 동혈로 되돌아왔다.

다시금 공기정화장치의 물을 갈아야 한다.

물의 갈아주지 않으면 공기가 제대로 정화되지 않기 때문이다.

그렇게 물을 갈아주고 장호는 다시금 독지로 향했다.

그리고 다시금 연공하고 있을 때였다.

스르르륵.

장호는 자신의 두 눈을 의심할 수밖에 없는 것을 목격하고야 만다.

그건 뱀이었다.

길이가 십오 장에 달하고, 몸통만 해도 일 장은 되는 무지막지하게 거대한 뱀이 나타났던 것이다.

그것은 숲의 한쪽에서 기어서 나타났다.

그리고는 장호를 힐긋 보더니 그냥 독지의 늪에 고개를 처박고 독액을 들이켜는 게 아닌가?

그러더니 한참이 지나서는 배가 부른 듯 다시금 기어서 사라졌다.

이무기?

아니, 이무기가 아닐지라도 영물인 것은 확실하다.

장호는 그렇게 생각하면서 한숨을 내쉬었다.

단지 독지이기뿐만이 아니라 저런 존재도 살아가고 있기에 금지인 것이라고 장호는 생각했다.

*   *   *

두 달.

장호가 애뇌산에서 지낸 시간은 두 달이나 되었다.

그동안에 장호는 부지런히 연공했고, 지금에 와서는 마혈 신외공의 경지가 무려 십성에 도달해 있었다.

보통 십이성까지 성취를 얻는다면 대성이라고 보기 때문에 지금 장호가 이룩한 마혈신외공 십성의 경지는 어마어마하다고 할 수 있었다.

실로 독지의 독이 아니었다면 여기까지 성취를 얻을 수도 없었을 것.

마혈신외공 십성의 경지에 오른 순간 장호는 자신의 육체가 새로운 단계에 접어든 것을 깨달았다.

지금은 의지에 의해서 육체의 완전 제어가 가능하다!

예를 들어 손가락 끝에 피를 안 보내야겠다고 생각하면 그게 진짜로 가능해졌다.

게다가 마혈신외공 십성의 경지에 도달함과 동시에 금강철신공은 완전히 융화되어 합쳐졌다.

때문에 장호는 자신의 육체의 기능까지도 완전히 깨닫게 되었다.

보통 사람은 자신의 육체의 힘조차도 제대로 제어하는 것이 불가능하다.

그러나 장호는 자유자재로 육체에 부과된 생명력이나 잠력조차도 끌어다 사용할 수 있게 된 것이다.

심지어 장호는 팔다리가 잘려도 마치 도마뱀 꼬리처럼 재생할 수 있다!

물론 시간은 무척이나 오래 걸리지만 가능하게 됐다.

과연 신공절학급 무공의 공능이라고 할 만했다.

십이성 대성의 경지에 이르면 강환조차도 견디어낸다고 하더니 확실히 대단한 외공이었다.

그러나.

장호가 아니었다면 익히는 것은 거의 불가능할 것이다.

우선 필요로 하는 독이 너무 막대하다.

게다가 익힐 때의 고통의 수준이 무시무시해서 잘못하면 바로 주화입마에 들 정도였다.

그뿐인가?

육체에 너무 강한 부하가 걸려서 몸이 붕괴해 버릴 위험도 있었다.

장호는 금강철신공과 선천의선강기가 있었기에 쉽사리 익혔지만, 다른 이라면 목숨을 걸어도 익힐까 말까했다.

과연 마공다운 면모라고 할까?

그래도 여타 마공처럼 익히는 방법이 사악하다거나 하지는 않아서 다행이긴 했다.

여하튼 장호는 마혈신외공을 십성까지 익히고서 독지를 나왔다.

그 이후부터는 전혀 성취가 올라가지 않았던 탓이다.

이후부터는 무언가 깨달음이 필요한 듯했다.

하지만 겨우 비급 하나로 그런 깨달음을 얻을 수 있을 리가 있겠는가?

그래서 장호는 독지의 독을 흡수하여 내공으로 변환하는 작업에 몰두했으나 이 역시 어려웠다.

선천의선강기는 천하에 짝을 찾아보기 어려운 순수한 내공이지만, 다른 이종진기를 흡수하는 공능까지는 없었던 탓이다.

영약이 애초에 소화 흡수하기 좋도록 가공된 것임을 안다면, 독기를 그냥 흡수하는 것이 얼마나 얼토당토않은 일인지 알 수 있으리라.

만약 장호가 신공절학급의 독공을 익혔다면 독지의 독기를 흡수해서 절대내공을 달성할 수도 있었을 것이다.

하지만 이제 와서는 독공을 익히는 것이 불가능했다.

이것은 양의심공 같은 것을 통해 두 가지 내공을 익혀도 불가능한 일이었다.

장호의 선천의선강기는 이미 육체와 너무나도 밀접한 관계를 가지고 있기 때문이다.

여하튼 장호는 그렇게 마혈신외공 십성을 달성한 후 독지를 벗어났다.

사실 이 정도만 해도 화경에 이른 이들을 상대할 수 있음을 알고 있었기에 만족하기도 했다.

화경!

그 절대의 경지.

강기지공이라는 것은 그만큼 무서운 것이다.

또한 진기 운용 능력과 제어 능력이 초절정의 경지와는 하늘과 땅 차이.

그렇지만 이런 압도적인 신체라면 화경이라고 해도 장호와 평수를 이룰 것이다.

화경의 고수라도 외공을 특별히 익히지 않은 이라면 장호의 손에 격타당한 순간 뼈가 으스러지고 오장육부가 터져 나갈 터.

그러나 반대로 장호는 근접박투가 아니면 화경의 고수를 제압할 수가 없다.

왜냐하면 장호의 격공장 실력이나 검사로서의 경지로는 화경의 절대고수가 발하는 검기를 누를 수 없기 때문이다.

물론 장호가 엄청나게 압도적인 내공을 가지면 불가능한 것은 아니다.

하지만 그래서는 진기 소모가 너무 크다.

그리고 그렇게 압도적인 내가진기로 억누른다고 해도 상대가 피해 버리면 그만.

화경의 경지는 그런 것이 가능한 존재였다.

하지만 반대로 화경의 절대고수도 장호에게 유효타를 먹일 수가 없다는 게 장호와 화경의 고수가 평수를 이루는 이유이다.

검강도 능히 감당할 수 있으며, 검강에 적중당해도 별다른 피해를 입지 않는 육신.

그야말로 금강불괴라고 할 만하다.

그런 몸을 가졌으니 화경의 절대고수와 서로 평수를 이루는 것이다.

만약 상대가 방심한다면 동귀어진의 수법으로 상대를 격살하는 것도 가능하리라.

척, 척, 척.

장호는 독지 밖으로 나갔다.

그때다.

스륵스륵 하는 소리와 함께 거대한 뱀이 나타나 장호를 물끄러미 바라보았다.

부글부글.

공기정화장치를 입에 대고 있는 장호는 뱀의 시선을 보고 피식 웃었다.

이제 갈 거냐?

그런 눈빛.

장호는 등에 지고 있던 육포를 탈탈 털어서 모두 던져 주었다.

　그러자 거대한 뱀은 그것을 잘도 받아먹는다.

　휙휙.

　뱀에게 손을 흔들어주고서 독지를 나섰다.

　다시금 강호에 나설 때다.

　이제부터 황밀교의 지부를 하나하나 처리해 주마.

　장호는 그리 속으로 생각했다.

第三章

운남 오독문

운남성은 중원에 속해 있지만,
사실 중원의 통치력이 제대로 미치는 지역이 전혀 아니다.
애초에 운남성의 사람 대부분이 한인이 아니니 당연한 일이었다.

운남성. 중원이되 중원이 아닌 곳

─대상이 나타났습니다.

─정중히 요청하라. 바로 가겠다.

한 명의 젊고 잘생긴 사내가 운남성 애뇌산의 절대금지에
서 태연히 걸어 나온다.

그리고 저 젊은 사내가 나오기를 눈이 빠지라 기다리고 있
던 이들은 즉시 전서구를 날리며 서로의 소식을 전달했다.

물론 독지에서 걸어 나온 사람은 바로 장호다.

의선문주로서 세상에 알려졌으나 그 진정한 능력에 대해

서는 아직 아무도 제대로 알지 못하는 자.

장호는 싱글벙글한 표정이었다.

마혈신외공을 아무런 문제도 없이 익혀낸 데다가, 그 효능과 공능이 예상 밖으로 뛰어나서였다.

이후에 깨달음을 얻는다면 마혈신외공을 대성하여 강환까지도 능히 견디는 몸이 될 수 있었다.

그 정도면 전설의 금강불괴가 아니겠는가?

게다가 장호는 마혈신외공을 수련하면서 여러 가지를 깨닫고 알 수 있게 되었다.

그것은 바로 육체의 정확한 기능성이다.

의원으로서 이러한 깨달음과 지식은 몹시도 중요한 것이었다.

심지어는 장호조차도 제대로 알고 있지 못했던 것이 수두룩했다.

천하제일신의라고 불릴 정도의 장호조차도 모르던 것을 이번에 알게 된 점.

이는 장호의 의술 수준을 한층 더 끌어 올렸다.

지금의 장호라면 영약 따위가 없어도 오음절맥 정도는 완치가 가능하다고 자신할 정도였다.

예를 들어 신장.

강호의 유명한 의원도 오장육부의 기능에 대해서 제대로

모르는 경우가 아주 많다.

신의라고 불리는 장호는 오장육부의 기능성에 대해서 꽤 자세히 아는 편이다.

하지만 모든 것을 알고 있지는 못했다.

그러나 지금은 안다.

오장육부가 대체 무슨 기능을 하는 것인지.

생각지 못한 정말 귀중한 정보를 마혈신외공 덕분에 가외 소득으로 얻은 것이다.

"이 지식이면… 강제 환골탈태도 가능하겠는데……."

장호는 홀로 중얼거린다.

육체 개조.

육체 강화.

이는 강호에서 새삼스러운 일도 아니다. 외공을 익힐 적에 다들 하는 일이니까.

절정무공으로 분류되는 외공만 해도 여러 가지 약물을 사용해서 무공 수련을 보조한다.

이게 바로 약물로 육체를 강화하는 게 아니던가?

마혈신외공도 독의 도움을 받으니 사실 그 원리는 같다고 볼 수 있었다.

장호가 문도들을 더 확실하게 강화시킬 계획과 방안에 대해서 생각하며 걷고 있을 때였다.

일단의 무리가 장호의 앞에 나타났다.

사삭.

장호가 슬쩍 보니 일전에 본 오무연이었다.

그리고 그 뒤에는 확실히 초절정으로 보이는 자가 세 명이나 있었다.

오독문의 주요 전력이 온 모양이다.

오독문주의 손녀인 오무연과 초절정의 고수가 세 명에 절정고수가 여섯, 그리고 일류무사로 보이는 이가 열 명.

이 정도면 어마어마한 전력이다.

중소 규모의 문파 정도는 쓸어버릴 전력이 장호를 마중 나온 것이다.

장호는 굳이 피할 필요도 느끼지 못했기에 그냥 멈춰 서서 그들을 바라보았다.

"오랜만에 만나는구려, 오 당주."

"오독문 순찰당주 오무연이 의선문주를 뵙습니다."

"그래, 오늘은 무슨 일이오?"

"그전에 이분들을 소개해 드려도 될까요?"

"상관없소."

장호가 고개를 끄덕이자, 그녀가 뒤에 있던 세 명의 장년인을 소개했다.

"본 문의 장로로 계신 귀혈독조 증괴신 님이십니다."

깡마르고 두 팔이 원숭이처럼 긴 사내가 앞으로 나서 포권을 한다.

"증괴신이오."

"본 문의 장로로 계신 혈파신독 묘단인 님이십니다."

약간 살집이 있고 후덕하게 생긴 사내가 포권을 하였다.

"묘단인이라고 합니다."

"본 문의 장로로 계신 충고묘독 전요연 님이십니다."

곱게 나이를 먹은 것 같은 미부인이 앞으로 나서며 포권을 한다.

"전요연이라고 해요."

그 세 명을 보며 장호는 포권을 해보였다.

"산서 의선문의 문주직을 수행하고 있는 장호라고 하오. 운남성의 명문 대파인 오독문 출신의 장로를 만나게 되어 반갑소이다."

그런데 장호의 포권지례에 불편한 표정을 지어 보이는 이가 하나 있었다.

"흥. 여러 말 할 것 없소이다. 본 문의 금지에 들어간 값을 어찌 치를 것이오?"

그때다. 증괴신이 앞으로 나섰다.

그의 말은 명백히 시비를 걸고자 하는 것이었다.

그리고 그 어투에 오무연이 당황한 표정을 지어 보인다.

"중 장로님! 그분은 쉽게······."

그녀가 중재를 위해서 입을 열어 말을 하는데, 증괴신이 손을 들어 막는 것이 아닌가?

"오 당주는 입을 다물라. 본 문의 금지에 외인이 출입하는 것이 당연한 것이더냐?"

증괴신의 말은 과격하기 짝이 없었고, 명백히 적의가 들어가 있었다.

그런 그를 보면서도 장호는 여유로운 표정이었다.

그럴 만도 하다.

이미 마혈신외공 십성의 경지에 오르며 금강철신공까지 융화시킨 장호였다. 이제 와서 오독문의 독이나 무공을 두려워할손가?

오독문의 화경급 고수가 와도 두려워할 장호가 아니었다.

"의선문주, 그대가 독지에 들어간 것은 본 문을 무시하는 행위요. 어찌할 것이오?"

"후후후후후."

장호는 그의 행동에 그저 웃을 뿐이다.

강호란 힘이 지배하는 곳. 강자는 어떤 억지를 펼쳐도 상관이 없다.

그러나.

이 자리에서 누가 강자고 누가 약자란 말인가?

그런 장호의 웃음에 증괴신은 더더욱 불쾌하다는 표정을 지어 보인다.

그러나 다른 두 장로는 무심한 표정으로 사태를 지켜보았다.

"증 장로라고 하셨소?"

"그렇소."

"그대는 무엇을 바라오?"

우선 장호는 상대가 무엇을 바라는지 물었다.

"그대가 값을 치를 것을 원하오."

"그것은 오독문의 뜻이오?"

"오독문 장로로서의 나의 의지요."

교활하군.

오독문의 이름을 내세우면서도 개인 혼자의 일로 치부할 여지를 남겨둔다.

만약의 사태에 대비해서 그 혼자만 덤터기를 쓰기 위한 화법이다.

장호는 그런 그의 말을 들으며 더욱 짙은 미소를 지어 보였다.

"나약하군."

"뭐라고?"

"우선 명분을 따져 보겠소. 애뇌산 전역이 오독문의 사유지인 거요? 이 근방의 땅이 오독문 소유의 것이라고 관의 서류에 기재되어 있소?"

장호의 기습적이고 특이한 발상에 증괴신은 일순 입을 다물었다.

당연히 아니다.

이 애뇌산은 엄청난 크기를 자랑하고 이 애뇌산 근처에 살고 있는 사람의 수만 해도 십수만 명이나 된다.

만약 이 땅을 사유지로 설정한다면 내야 하는 세금이 어마어마했다.

강호 문파라고 세금을 안 내는 것은 아니다.

중원의 땅.

제국의 행정력이 미치는 범위에 있는 자라면 모두 세금을 내야 했다.

다만 오독문 정도 되는 문파라면 그 세금을 감면받는다.

아니, 정확히는 탐관오리들이 세금을 과하게 뜯어가지 않는다.

그들의 목숨이 위험하니까.

그렇다고는 해도 최소한의 세금은 낼 수밖에 없다.

그게 바로 땅의 크기다.

관아에 기록된 토지대장에 의거하여 땅의 크기만큼은 세

금을 내야 했다.

공식적으로 오독문이 가진 땅은 그들의 문파 본진의 건물이 지어진 곳과 부근의 약초밭이 전부.

그러니 장호의 말대로 이 애뇌산이 오독문의 사유지는 아닌 것이다.

"그렇다면… 이 애뇌산이 그대들의 것은 아니라는 소리가 아니오? 대명천지에 사유지가 아니라면 갈 수 없는 곳은 없소. 여기는 공지(空地)이니 내가 들어온다 해서 문제가 있을 수 있겠소?"

"감히… 오독문의 권위를 무시하는 건가!"

증괴신이 기세를 끌어 올린다.

그러나 장호는 여전히 무덤덤한 모습이다.

"권위라… 좋소. 오독문의 권위를 내 인정하리다. 그대들의 사유지는 아니지만 그대들의 영역이라고 인정하겠소. 애초에 영역이라는 것은 사유지와 다른 개념이니까. 그렇다면 또 다른 의문이 남소. 애뇌산이 그대들의 영역이라고 하는데 그저 잠시 머무르거나 지나가는 이들에게 돈을 내라고 하는 것이오? 통행료 같은 것이 혹 존재하오?"

장호의 말은 통렬한 것이었다.

너희는 지금 산적이 아니냐고 묻는 것이다.

"의선문주, 말이 심하십니다."

퉁퉁한 살집의 사내, 묘단인이 기세를 피워 올린다.

그런 그를 보면서 장호는 여전히 웃는 얼굴이다.

"말이 심했다면 사과하리다. 하지만 내가 하고 싶은 말의 요점은 이거요. 이 독지가 금지라고는 하지만 오독문이 이곳에 잠시 머무르는 것을 가지고 뭐라고 할 수 없다는 것. 아니 그렇소이까?"

"네노오옴."

저벅저벅.

증괴신이 앞으로 나섰다.

그의 두 손에는 어느새 금속으로 만든 발톱이 끼어져 있었다.

귀혈독조라는 그의 별호를 만들어준 무기다.

저 발톱에는 절독이 묻어 있고, 스치기만 해도 일반적인 무인은 사망하고 만다.

"이런, 논리적으로 논파할 수 없으니 힘을 쓰려고 하는군. 오독문 전체의 뜻이 아닌 증 장로 개인의 뜻일 테고. 참 재미있구려."

"닥쳐라!"

증괴신의 몸이 표범처럼 돌진해 온다.

절정에 이른 경신보법 덕분에 그는 번개처럼 장호의 면전에 다다를 수 있었다.

'놈! 피하지도 못하는구나!'

증괴신은 내심 그렇게 생각하며 매처럼 독조(毒爪)를 휘둘렀다.

그러나 곧 그는 봉목을 부릅뜨고 경악스러운 표정이 되었다.

캉.

독조는 분명 적중했다.

그러나 분명 그의 자랑스러운 무기는 상대의 목을 내려쳤으나 날이 그 피부를 파고들지 못하고 있었다.

"이, 이게 무슨……."

"나약하군."

퍼어억!

장호의 주먹이 증괴신의 복부를 후려갈겼다.

그의 몸이 새우처럼 꺾이며 그대로 날아 뒤로 나가떨어진다.

내력은 싣지 않았지만, 워낙 괴력을 가졌기에 늑골에 금이 가는 것을 느낄 수 있었다.

"쿠헉!"

괴상한 소리를 내면서 날아가 땅에 처박힌 증괴신은 그대로 토악질을 했다.

내장이 울리면서 구토감이 몰려온 탓이다.

고통도 고통이지만 육체를 제대로 제어할 수 없어서 뒹굴며 난리를 치게 되었다.

그 모습은 확실히 좋은 꼴은 아니었다.

"금, 금강불괴이신가요?"

오무연이 떨리는 음색으로 묻는다.

그녀가 보기에 증괴신의 일격은 거의 전력을 다한 것 같았기 때문이다.

그걸 얻어맞고도 아무렇지도 않다니?

전설에 이르는 금강불괴가 아니라면 그럴 수가 없다고 생각되었다.

장호는 가볍게 고개를 끄덕였다.

"맞소. 금강불괴를 이루었소. 독지에서 수련한 덕분이지."

장호는 가볍게 긍정하였고 좌중은 충격에 얼어붙었다.

금강불괴라니?

이는 화경에 이른 자라고 해도 이루기 어려운 불가능한 경지라고 일컬어져 왔다.

실제로 당금 강호에서 금강불괴를 이룬 고수는 찾아볼 수가 없다.

그나마 소림사의 금강나한승이 금강불괴를 이루었다고들 하는데, 이 역시 소문일 뿐 확실한 것은 아니었다.

그런데 전설 속 경지인 금강불괴가 눈앞에 나타났으니 놀라지 않을 수가 있는가?

"자, 간을 보았으니 본론으로 들어가는 게 어떻소? 무엇을 원해서 이리 우르르 온 것이오?"

"호호호호, 의선문주께서는 성격이 급하시군요."

농염한 미부인인 전요연이 앞으로 나선다.

그녀에게서 완숙한 요염함과 색기가 진하게 피어오른다.

"본 문은 의선문주께서 어떻게 독지를 자유자재로 활보할 수 있는지가 궁금했을 뿐이랍니다. 그래서 모셔서 이야기를 한번 들어보고자 한 것이고요."

"독지를 활보할 수 있는 방도라……."

오독문에는 연단술에 조예가 깊은 이가 없나 보군.

아니면… 자신이 전생에 손에 넣은 얻은 연단술을 위한 기물이 기연이었거나.

"알고 있소. 그리고… 여러분이 독지를 활보할 수 없는 이유도 알고 있지."

"그렇다면 본 문의 초대에 응하시겠어요? 귀빈으로서 극진히 대접해 드리지요. 그리고 그 정보에 대한 대가도 섭섭지 않게 해드릴 용의가 있고요."

장호는 그녀의 말에 잠시 생각에 잠겼다.

오독문은 문주의 스승인 사마공이 황밀교에 투신하여 황밀교의 편에 서게 된다.

사실 오독문은 전통적으로 중원의 소란에 별 관심이 없었다.

그러나 사마공이 있음으로써 오독문은 황밀교와 길을 같이하게 된다.

지금 오독문에 간다면… 사마공의 흔적을 찾아서 죽일 수 있지 않을까?

장호는 독공은 그리 두렵지 않았기 때문에 다른 화경의 고수보다도 독공의 고수가 더 만만했다.

좋아. 한번 가보자.

장호는 결정을 내렸다.

"좋소. 내 순순히 따르리다."

그리고 장호는 이들 오독문에게 피해를 주기로 결심했다.

독지에 출입하다 보면 분명 그 '뱀'을 만나게 된다.

장호는 아무런 욕심이 없어 그 '뱀'과 잘 지내었지만 이들은 아닐 터이다.

그리고 싸움이 난다면……

절대로 이들은 그 '뱀'을 이길 수 없다.

사실 지금의 장호도 그 '뱀'은 이길 수 없다고 생각하기 때문이었다.

혹시 모른다, 화경의 끝에 다다른 이라면 그 '뱀'을 이길 수 있을지도.

장호는 그런 속내를 숨기고 오독문의 초대를 받아들였다.

황밀교는 과연 오독문에 얼마나 손을 뻗어놓았을까?

*　　　*　　　*

장호가 오독문의 초대를 받고 있던 그 시각.

의선문은 장호가 자리를 비운 두 달 사이에 더욱 많은 숫자의 낭인을 고용하고 또 한편으로 병사 출신의 전역자를 끌어모았다.

애초에 명나라에서는 군대를 전역하는 것 자체가 그리 쉽지 않다.

하지만 약 삼십 년간 제대로 된 전쟁 한 번 나지 않았기에 제법 많은 전역자가 생겨났다.

그리고 대부분이 그렇듯, 전역자들은 제대로 된 직업을 가지지 못한 상태로 지내고 있었다.

그러다 보니 산서성 의선문의 이름 아래로 꽤나 많은 수의 전역자가 몰려드는 것은 당연지사.

다만 그들은 나이가 제법 있었다.

적어도 서른 이상, 많은 이는 쉰도 넘었다.

의선문은 이들 중에서도 특히 마흔 이하의 사람만 받아들였다.

그리고 그들에게 각종 약물을 제공하여 강건하게 만드는 한편 무공을 전수하여 조련했다.

이와 관련한 일은 사마충이 맡았다.

그 결과 의선문의 무인의 수는 무려 오천여 명까지 늘어나게 된다.

물론 이들 대부분은 삼류무인 정도밖에 되지 않는다.

하지만 각종 약물과 풍부한 재산의 지원으로 엄청나게 빠르게 강해지고 있는 중이었다.

또한 새롭게 시작한 표국업도 엄청나게 빠르게 자리를 잡아 수익을 올리기 시작했다.

표국, 곡물 유통, 의약 산업.

이 세 가지가 가장 큰 사업으로 떠오르면서 의선문을 강하게 만들어주고 있었다.

그와 동시에 임진연은 정보 조직을 만들기 위해서 동분서주하고 있었다.

적어도 산서성 내에서는 의선문이 모르는 일은 없어야 한다.

그러한 명제 아래에 그는 열심히 일을 하고 있었다.

얼마 후면 의선문의 진정한 주인이 돌아온다.

그때가 되면 세상은 새로운 거대 문파의 발호에 놀라게 될
것이다.

第四章

오독문에서

강호에는 여러 가지 문파가 아주 많다.
그 문파 대부분은 생명을 판다.

강호 문파, 그 실체

오독문.

사실 전생에서는 장호와 인연이 없던 문파다.

과거 독지의 독을 연구해서 신약을 만든답시고 왔을 때에
도 오독문도를 제대로 만나본 적이 없었던 것이다.

만약 전생에서 장호가 오독문도와 만났다면 공기정화장치
를 가르쳐 주었을 것이다.

하지만 애뇌산은 어마어마하게 넓어서 이곳을 영역으로
삼은 오독문이라 해도 만나기가 쉽지 않았다.

여하튼 전생에는 오독문도를 만난 적이 없었고 황밀교의

난 때에도 이들과 부딪쳐 본 적이 전무했다.

하지만 그렇다고 해서 오독문을 두려워할 필요는 전혀 없었다.

장호에게 독은 귀찮은 물질 그 이상도 그 이하도 아니니까.

이미 저 독지에 몸을 담그고 연공까지 했던 것이 바로 장호이다.

그러하니 겨우 오독문의 독이 두려울까?

그런 오독문 안으로 진입해 들어가면서 장호는 오독문의 독특한 건축양식을 보고 감탄했다.

확실히 운남성은 중원의 여타 지역과는 확연히 다르다.

애초에 여기에는 한인도 거의 안 사는데다가, 기후가 다른 지역과는 판이하게 다르니까.

그러니 독특한 건축양식인 것은 당연한 것이었다.

중원 출신인 장호 입장에서는 그런 건축양식이 몹시 신기해 보이는 것은 당연지사.

게다가 규모도 상당히 거대했다.

사실 운남 오독문하면 그 역사가 제법 깊으니 당연하다면 당연한 일이 아니겠는가?

장호는 이내 객청으로 안내되었고 그중에서도 용현각이라고 불리는 귀빈 전용의 전각으로 향하게 되었다.

"이곳에 머무시는 동안 대인을 모실 시비, 연이라고 합니다."

한 명의 예쁘장한 미녀가 와서는 읍을 한다.

용현각은 귀빈 전용이라서, 시비까지 따로 배정해 주는 곳이었기 때문이다.

"알겠소."

장호는 가볍게 고개를 끄덕이고서 짐을 건네주었다.

사실 짐이라고 해도 처음 들고 왔던 거대한 짐이 이제는 거의 없다.

있는 것은 청동 물병과 모포 정도.

모포에도 독이 묻어 있기 때문에 주의해야 하지만 여기는 이대독문이라는 오독문이 아닌가?

"세탁을 좀 부탁하겠소. 독지에 갔다 온 터라 독기가 있을 테니 주의하시구려."

"예, 대인."

시녀는 조심조심 짐을 받아 갔다.

그러나 장호는 공기정화장치는 주지 않았다.

이것을 넘겨주면 장호가 얻을 것이 없어지고 마니까.

여하튼 짐을 떠넘기고 의복도 받아서 갈아입은 장호는 느긋하게 앉아서 휴식을 취했다.

차도 비싼 걸로 하나 부탁하고 다과도 부탁했다.

그렇게 느긋하고 호사스럽게 있자니 얼마 후에 순찰당주인 오무연이 들어왔다.

"장 문주님, 본 문은 편안하신가 모르겠네요."

"아주 좋소."

"좋다고 하시니 다행입니다. 오늘 밤 저희 문주님께서 장 문주님을 뵙기를 청하셨습니다."

"그렇구려. 나도 입장상 오랫동안 머무를 수는 없으니… 빠르게 이야기를 마무리 짓는 것이 좋겠소."

"그럼, 저녁에 뵙겠습니다."

장호는 알았다고 대답했다.

＊　　＊　　＊

저녁.

장호의 방문은 사실 특별한 것이었기 때문에 연회를 준비해야 했다.

하지만 연회는 열리지 않았다. 대신 특별한 저녁상이 차려지긴 했다.

그 자리에는 오독문주 오선공과 장로원주 사인주, 그리고 총관 소헌자라는 자가 자리했다.

즉 장호까지 겨우 네 명만이 식사 자리에 오게 된 것이다.

"초대해 주셔서 감사드립니다, 오 문주님."

"사해가 동도라고 하지 않았소? 본 문에 내방한 것을 환영하는 바이오."

장호의 정중한 인사에 오선공 역시 정중히 화답한다.

장호도 문주이고 그도 문주. 하지만 장호의 나이가 그보다 너무 어리기에 장호는 존댓말을 쓰고 그는 하오체를 쓰는 것이다.

오독문주인 그는 구릿빛 피부에 사십 대로 보이는 장한이었다.

그러나 내공이 심후하여 노화가 느리게 진행되고 있기에 그렇게 보일 뿐으로 사실 그 나이는 이제 육십을 넘은 노인이었다.

그의 스승이 바로 황밀교에 투신한 사마공이었다.

사마공은 전대 장로원주로 현 장로원주인 사인주의 아버지가 되는 자이기도 했다.

장호도 전생에 그런 기본적인 정보 정도는 들은 바가 있었다.

무림맹의 사람들과 함께했기에 들은 정보다.

그리고 실제로 오독문도로 보이는 이들과 한 차례 전투를 벌이기도 했었다.

"이렇게 환영해 주셔서 감사드립니다. 그런데 오 문주께서 본인에게 용건이 있다고 들었습니다만……."

장호는 이들과 그리 오랫동안 이야기를 하고 싶은 생각이
없었다.

정치적인 관례나 예법 따위는 관심 밖이었으니까.

게다가 강호인들은 대체로 성격이 급하다. 그들은 용건만
딱딱 말하는 것이 습관화되어 있었다.

"물론 용건이 있소."

젓가락을 들어 음식을 가져가며 말하는 오독문주의 말에
장호는 속으로 '너무 뻔한 이야기가 아니면 좋겠는데' 라는
생각을 했다.

"본인이 알기로 장 문주는 아직 젊고 미혼이라고 알고 있
는데… 맞소?"

"그렇습니다."

웅? 이야기가 좀 이상한데?

"본인의 손녀인 무연이를 보았을 터요. 그 아이는 어떻
소?"

헐.

장호는 속으로 경악했다.

의외의 일격을 당한 셈이다.

강호의 싸움으로 치면 초식을 교환하는 중에 갑자기 뒤통
수를 맞은 느낌이랄까.

이야!

통수 맞았다!

"오 당주를 말씀하시는 것 같습니다만… 어떠냐고 물어보셔도 겨우 세 번 보았을 뿐입니다."

"미안하오. 본인이 너무 급하게 질문했나 보오. 그 아이의 외모가 보기에 어떠냐는 것이오."

"미색은 확실히 출중한 듯 보였습니다."

"그럴 거라고 생각했소. 그 아이는 며느리를 닮아 아주 미인이지. 내 자랑이라오."

그건 알겠는데 어쩌라고?

혹시, 당신도?

장호는 그런 생각을 하며 말을 아끼며 음식을 집어 먹었다.

"그래서 제안하고 싶소. 그 아이와 혼례를 올리는 것은 어떠시오?"

혹시가 역시였나!

장호는 그렇게 외치고 싶은 것을 참아내고서 우선 느긋하게 음식을 씹었다.

그걸 삼키고 나서야 말을 시작했다.

"으음. 저는 아직 문의 일이 많아서 혼례를 올리기에는 어려울 듯합니다만……."

오독문은 아직 적이 아니지만… 이후에 사마공 때문에라

도 적이 된다.

그런데 혼인을 한다면 서로가 입장이 아주 곤란해질 것이다.

그리고 애초에 혼인도 할 생각이 없다.

장호는 딱히 누군가를 사랑한 적이 없었지만, 그렇다고 누군가와 같이 살아갈 생각도 한 적이 없었으니까.

그나마 과거에는 여이빙과 오랫동안 어울리기는 했다.

아마도 만약 장호가 이성과 혼례를 올린다면 여이빙일 것이다.

"그럴수록 더욱 가정을 가지는 것이 좋을 것이오. 게다가 귀 문과 본 문이 혼약으로 동맹을 이룬다면… 사천당가라 할지라도 우리를 어쩌지 못할 테지."

그건 확실히 그렇다.

사천당문과 운남 오독문을 이대독문이라 칭하는데, 사실 두 문파 중 사천당문을 한 수 위로 쳐주었다.

그리고 실제로도 그랬다.

사천당문의 실력이 운남 오독문에 비해서 더 좋은 것이다.

하지만 여기서 장호의 의선문이 운남 오독문과 연수한다면?

현재 의선문은 강호제일의 의방이라고 할 만했고 사업적 수완이 몹시 뛰어나서 엄청나게 빠른 속도로 성장하고 있는 중이다.

무력적 기반은 아직 취약하지만, 그 재력은 이미 거대 문파를 뛰어넘었다.

그런 둘이 손을 잡는다면?

그 효과는 이루 말할 수 없으리라.

하지만 장호는 이 오독문의 어디까지 황밀교의 손길이 뻗어져 있는지 알 수가 없었다.

괜히 손을 잡았다가 여러 가지 짜증 나는 일만 잔뜩 일어날 수가 있는 것이다.

어떻게 해야 할까?

현명하다면 이들의 연수를 받아들이지 않는 것이 낫다.

하지만… 손을 잡고 역으로 황밀교에 대한 꼬리를 잡아 공격할 수도 있다.

어느 쪽이 더 나을까?

그러다가 문득 장호는 한 가지를 기억해 냈다.

제갈화린!

제갈세가의 역대 천재 중에서도 최고라고 알려진 그녀!

그녀가 있다.

그렇다면… 그녀도 움직이고 있을 터다.

그리고 그녀는 장호 자신보다 뛰어난 능력을 가졌고 강호의 암투에 더 익숙할 터이다.

그녀라면… 이미 황밀교에 대해 대비하고 있을 터. 그녀와 연수하는 쪽이 훨씬 낫지 않을까?

장호는 고민하다가 결정을 내렸다.

오독문과는 연수하지 않는다.

하지만 이왕 이렇게 된 것, 돈이나 잔뜩 뜯어내려는 것이다.

"그렇긴 합니다만… 저로서는 어려운 결정이군요. 게다가… 혼약 이야기는 다른 쪽에서도 꺼낸 터라."

"어디요? 본 문과 비교할 만한 곳이 있다니… 놀랍구려."

장로원주 사인주가 불편한 표정을 숨기지 않았다.

하지만 장호는 무표정하게 말했다.

"제갈세가입니다."

"으음."

"제갈세가……."

장호가 제갈세가의 금지옥엽 제갈화린을 치료한 이야기는 이미 의방 관계자 중에서는 모르는 이가 없었다.

그런 제갈세가가 장호에게 혼담을 넣는 것은 확실히 충분히 가능한 일.

그런 곳의 혼담이 왔다면…….

확실히 오독문으로서는 무게감이 떨어진다.

오독문과 의선문이 합쳐지면서 나올 여러 가지 긍정적인

효과는 크다.

둘 다 의문이기도 하니까.

하지만 제갈세가는 구파일방과 팔대세가 중에서도 수위를 다투는 세력.

오독문과 비교하자면 거의 두 배에 가까운 세력 차이를 가지고 있었다.

특히 제갈세가는 돈이 많다.

제갈세가 사람 대부분이 머리가 뛰어나다 보니 상인으로서의 능력도 뛰어나기 때문.

그런 제갈세가와의 혼담은 오독문보다도 확실히 나은 감이 있다.

"하지만 긍정적으로 생각해 보겠습니다. 다만 여기서는 확답드리기 어려우니, 그 점은 양해를 부탁드립니다."

장호의 정중한 거절에 다들 입맛을 다신다.

하지만 어쩌랴. 상대는 이미 여러 문파가 탐을 내는 존재이다.

"장 문주께 사실 또 다른 용건이 있습니다."

총관의 말에 장호가 시선을 돌려 그를 보았다.

청수한 인상의 학사 같은 사내. 하지만 그도 무공의 고수로서 초절정의 경지였다.

"무슨 일이십니까?"

"독지에 출입하셨는데… 방도를 알고 싶습니다."

"흐음, 이것은 본 문에 전해져 내려오는 연단의 비법 중 하나입니다. 그걸 알고 싶으시다는 겁니까?"

연단의 비법?

오독문주와 장로원주의 표정이 변했다.

그들이 모르는 연단의 비법도 있던가?

의문이기도 한 오독문은 다른 문파보다 뛰어난 연단의 비법을 여럿 알고 있었다.

그런데 그들이 모르는 것이라고?

"단서를 드리자면… 공기입니다."

"공기? 설마……."

오독문주는 그 말을 알아듣고는 퍼뜩 깨닫는 것이 있는 표정이었다.

"그렇군. 공기, 공기가 부족한 거였군."

"아셨나 보군요."

"그 정도만 해도… 감사드리오. 그렇군, 그 안은 독기로만 가득하니 공기가 없는 거였어. 그래서 질식해서 죽을 수밖에."

"천하제일의 고수라고 해도 숨을 쉬지 못하면 죽으니까요."

장호는 간단히 답했다.

그리고는 말했다.

"그 안에 들어갈 적에 사용한 것은 연단술의 장치 중 하나로… 공기를 정화하는 기계입니다."

"음……."

"알려 드릴 수는 있습니다만……."

"대가를 원하시는 겁니까?"

총관이 말을 받았고 장호는 고개를 끄덕였다. 이런 기회를 놓칠 장호가 아니었다.

지식은 곧 힘이고, 힘은 곧 돈이기도 하다.

"확실히 독지의 독은 엄청나더군요. 현존하는 독 중에서도 최상위에 속합니다."

그런 독도 이제는 나에게 통하지 않지만.

장호는 그렇게 말하며 그들을 바라보았다.

그들은 서로 전음을 쓰며 의견을 나누는 듯했다. 하지만 장호는 그들의 대화에 관심이 없었다.

"좋습니다. 장 문주님, 무엇을 원하십니까?"

"저는 딱히 원하는 것이 없습니다. 저를 초청하신 것은 오독문의 문주이시죠."

너희가 나에게 대가를 제시해라.

장호의 태도는 그런 것이었다.

그리고 그것은 옳았다.

사실 장호는 오독문에 관심이 별로 없었다.

이후 황밀교의 수족이 될 것이 뻔하기에 뭔가 건질 거라도 있을까 해서 온 것일 뿐.

지금까지는 역시 얻을 게 없었다.

오독문의 무공을 얻는다고 해도 쓸데도 없고 운남성의 여러 특산품을 가져가기에는 거리가 너무 멀었다.

산서성에서 거래를 한다면 근방의 지역과 거래를 해야지 이 먼 곳까지 와서 거래를 하겠는가? 실익이 없다.

그렇게 생각하다가 장호는 문득 생각했다.

실익이 없다.

그렇다면… 아예 오독문을 폐문시켜 버리면 어떨까?

멸문이 아니다. 폐문이다.

문파로서 기능할 수 없을 정도로 부수어 버리는 것.

그러면… 오독문은 황밀교의 전력이 되지 못한다.

오독문의 절대 강자까지는 무리겠지만… 그 이하의 실력을 가진 이들은 장호가 싹 쓸어버릴 수가 있었다.

그리고 이 강호에서는 절대 강자 혼자만으로는 활보할 수 없다.

분명 절대고수는 강하지만… 그들의 눈이 되고 손발이 되어줄 자들이 없으면 활동에 제약을 받는 것은 어쩔 수가 없다.

생각해 보면 이런 때에 살수의 환영신보는 크게 도움이 된다. 암기술도 마찬가지.

장호는 어느샌가 강호에서 공포라고 불릴 만한 존재가 되었다.

할까?

대학살.

장호는 정파인이 아니고, 사파인도 아니다.

지독한 실리주의자.

그렇기에 필요하다면 이런 생각도 얼마든지 하는 사람이었다.

장호가 그렇게 생각하고 있는 사이, 총관이 입을 열었다.

"저희 오독문이 장 문주께 제공해 드릴 수 있는 것 중에서 마음에 드실 만한 게 없는 것 같습니다. 그래서 드리는 말씀입니다만……"

"예, 말씀해 주시지요."

"본 문에 기물이 하나 있는데… 이것이 어떠십니까?"

"기물?"

기물이라?

장호가 고개를 갸웃했다.

기물이라고 부를 정도면 확실히 특별한 물건일 터다.

하지만 기물은 보통 엄청나게 특별한 것.

이 공기정화장치가 쉽게 얻을 수 있는 지식은 아니지만…
물건을 본 이상 사방에 손을 쓰면 못 얻을 물건도 아니다.

한번 찔러볼까?

"실례되는 말씀입니다만, 이 물건… 물론 비전에 속하는
것이긴 하지만 그렇다고 구하지 못할 것도 아닙니다. 하오문
같은 정보를 다루는 문파에 의뢰한다면 연단술의 맥을 이어
오는 문파를 찾을 수 있을 테지요. 이것은 기물에 해당하지도
않고 살상용도 딱히 아니기 때문에 구하는 것이 어렵지 않을
겁니다. 빠르면… 그래요. 이 년이면 될 겁니다. 그 정도면 구
할 수 있는 물건이라고 생각합니다. 아닙니까?"

장호의 말에 총관은 가볍게 긍정했다.

"그렇다고 생각합니다."

"그런데도 굳이 기물을 거론하시는 걸 보니 다른 이유가
있나 보군요."

장호의 말에 잠시 분위기가 가라앉는다.

"말씀하신 대로입니다."

"흐음, 급한 상황이라……."

이건… 황밀교 때문일까? 아니면 오독문 자체의 문제일
까?

장호는 속으로 가늠해 보지만 정보가 너무 없었다.

"알겠습니다. 어떤 기물입니까?"

"흑각(黑角)입니다."

흑각을 준다?

장호는 흑각이 무엇인지 잘 알고 있었다. 이는 오독문뿐만 아니라 저 사천당가에도 있는 물건이다.

과거 흑암독망이라고 하는 거대한 뱀이 있었는데, 그 뱀에게는 일곱 개의 뿔이 있었다고 한다.

그 일곱 개의 뿔 하나하나가 일 장이나 되는 길이를 가졌다고 하는데 그 흑암독망을 죽이고 나서 얻은 뿔의 이름이 흑각이다.

사람들은 그 검은 뿔을 조각내서 여러 가지로 사용했다.

그런데 이 흑각의 주요 특징 중 하나가 독기를 품고 있다는 점이다.

독은 희석된다.

애뇌산의 독지는 애뇌산의 여러 독물의 시체가 계속해서 모여들기 때문에 독이 그대로 남아 있는 것이다.

그러나 다른 독물의 경우에는 결국 희석되고 흩어지게 된다.

대자연의 법칙이 그러하다.

그런데 이 흑각은 기이하게도 독기를 무한하게 뿜어낸다.

때문에 독공을 연구하는 집단에서 이 흑각은 귀한 보물 취급을 받는다.

독공을 익힌 자들에게는 내공의 증진을 돕는 기물인 셈.

그런 흑각을 하나 내어준다는 것이니 장호로서는 상당한 이득인 셈이었다.

게다가 가격도 맞는다.

흑각이 기물이긴 하지만 못 구하는 보물은 또 아니다.

금자로 치면 대략 만 냥 정도에 해당하는 것으로써 사천당 가가 몇 개를 가졌고, 오독문에도 몇 개가 있었다.

"좋습니다. 흑각을 받고 지식을 넘겨 드리겠습니다."

장호는 두말하지 않았다.

흑각이 있다면 선천의선강기를 수련하는 데에도 도움이 되리라고 판단한 것이다.

흑각의 독기를 직접 흡수할 수는 없지만, 이를 인간 연단로의 비법을 통해서 제련하면 준영약을 만드는 데에 큰 도움이 될 것이기 때문이다.

흑각은 연단술을 알고 있는 장호에게는 여러모로 쓸데가 많았다.

즉 기물이라면 기물이라는 것이다.

만 냥에 해당하는 물건이면 값도 적당하다.

"호쾌하시군요. 문주님의 결정에 감사드립니다."

"장 문주의 배려에 감사하오. 자, 잔을 듭시다."

오독문주의 말에 모두가 잔을 들었다.

　장호는 공기정화장치에 대한 정보를 넘겨주고 흑각을 받았다.

　"호오……."

　흑각.

　그 존재에 대해서는 장호도 잘 알고 있었지만 진정으로 본 적은 없었다.

　그러나 과연 소문대로 독기가 계속해서 흘러나오는 것을 알 수 있었다.

　"호흡독이로군……."

　호흡독.

　즉 독연을 뜻한다.

　호흡기를 통해서 상대를 중독시키는 독으로서, 그 종류에 따라서는 몹시도 치명적이다.

　제대로 독을 다루는 독의 고수는 상대 모르게 허공에 독을 살포하고, 호흡을 통해서 독에 중독당하게 만들기도 했다.

　독각은 바로 그런 호흡독을 대기에 계속해서 흘려내고 있는 것이다.

게다가 그 독성도 제법 강력한 것이어서 일반인이 반 시진 정도 이 독을 흡입한다면 죽음에 이를 수 있었다.

이 정도면 꽤 강력한 독임에 분명했다.

"꽤나 괜찮은 독이야……."

흑각 자체도 사실 맹독이다.

이걸 갈아서 사용하면 어마어마한 독을 얻을 수 있었다.

장호는 흡족한 눈으로 흑각을 보다가 밀봉이 확실히 되는 통에 집어넣었다.

이제 오독문에서 볼일은 전부 끝났다.

남은 볼일이 더 있다면, 오독문을 몰살시켜 버리는 것 정도 이지만, 그것은 하지 않기로 결정했다.

굳이 무리하게 지금 오독문을 멸문시킬 필요는 없기 때문 이다.

어차피 제갈화린과 연계하기로 마음먹었으니 그녀를 찾아 가면 될 일이다.

장호는 우선 시비를 불러서 자신이 떠남을 알렸다. 그리고 서 짐을 챙겼다.

"떠나신다는 이야기를 들었습니다."

장호가 오독문을 나가려고 움직이는 동안 순찰당주인 오무연이 빠르게 다가와서는 인사를 한다.

"문주님을 뵙고 가지시는 않을 생각이신지요."

"인사를 드리고 가는 게 좋긴 하겠지만 바쁘시지 않으시겠소? 대신 인사를 전해주시구려."

"알겠습니다. 하면 제가 본 문의 영역 밖까지 안내를 해드리겠습니다."

"안내를? 굳이 그럴 필요는 없소만……."

"문주님의 명이 있었습니다. 손님께서 홀로 가신다면 천하가 본 문을 비웃을 일입니다."

손님을 제대로 대접하지 못했다. 그런 이유로 천하에 비웃음을 살 수도 있다는 그녀의 말에 장호는 쓰게 웃었다.

누가 감히 오독문을 비웃겠는가?

게다가 손님 접대를 제대로 안 하는 문파가 부지기수인 마당에 그 말은 어디를 봐도 그냥 억지였다.

무슨 꿍꿍이가 있는가?

따라주어도 좋겠지.

장호는 속으로 그리 계산하고서 말했다.

"좋소. 그럼 신세를 좀 지겠소이다."

"예, 그럼 이쪽으로……."

그렇게 장호는 오독문이 제공하는 마차를 타고서 이동할 수 있었다.

*　　　*　　　*

"본 교의 일을 벌써 몇 번이나 방해한 이가 바로 저자인가?"

"그렇습니다."

"흐음. 초절정에 이른 듯 보이는군. 젊은 나이에 저 정도 성취라니? 선천의선강기로는 저런 성취를 얻는 것이 불가능한데?"

하얀 수염을 길게 기른 선풍도골의 노인은 마차를 타기 위해서 기다리는 장호를 의아하다는 듯 바라본다.

이 노인은 대체 누구일까?

"선천의선강기를 아십니까?"

"왕년에 한 번 견식할 기회가 있었네. 선천의선강기는 상승절학에 속하나, 사실 그 공능만 보면 여느 신공절학에 뒤지지 않지."

"그리 대단한 무공입니까?"

"대단하고말고. 다만… 그 성취를 얻기가 너무 힘들어 상승절학으로 평가된다네. 그 사실을 아는 이도 이제는 거의 없다마는……."

"성취를 얻기 힘들다는 것은 어떤 의미이십니까?"

"내가진기의 공력을 쌓는 속도가 지독하게 느려. 때문에 남들이 십 년 수련할 것을 의선문은 삼십 년을 수련해야 하지."

선풍도골의 노인과 대화를 나누는 이는 침착한 표정의 중년인이었다.

그는 선풍도골의 노인과 이야기를 주고받으면서 장호를 바라보고 있었다.

"흐음. 사마공, 그치가 저 아해를 의심했었나?"

"예."

"그럴 만도 하구먼… 어떤 수를 써서 성취를 얻은 것인지 모르나 선천의선강기만으로 초절정의 경지에 올랐다면 어지간해서는 이기기 어려울 것이야."

"어찌 준비할까요?"

"귀마대를 전원 모집하게."

"그 정도입니까?"

"어쩌면… 의미가 없을 수도 있네. 그저 도주를 막는 울타리 역이지. 만약 내 기우대로라면… 저 아해를 상대하려면 적어도 절정의 무위를 가진 이가 열은 있어야 할 걸세. 그나마 대등하게 겨루려면 초절정의 경지는 되어야 할 것이야."

노인이 가볍게 말하자, 중년 사내는 조금 놀란 표정이 된다.

"그건 무슨 의미이십니까?"

"흐음. 선천의선강기가 경지에 이르면 신체가 저절로 외공을 익힌 것처럼 변한다네. 그런데 저 아해는 외공을 따로 익혔다고 하지 않았나?"

"맞습니다."

"그렇다면… 적어도 도검불침의 경지에 이르렀을 게야. 내기를 어느 정도 불어넣은 도검이 통할지 안 통할지 모르겠네만… 그런 경우 하수가 아무리 달려들어 봤자 의미가 있겠나?"

"으음, 외공의 고수라고 보아도 무방하시다는 말씀이시군요."

"그렇다네."

외공의 고수.

그것은 참 까다로운 존재다.

내기를 자유자재로 다룰 수 있는 절정의 무인이 아니라면 이 외공의 고수들을 상대하기가 쉽지 않은 까닭이다.

어떤 무인이 검을 찌른다고 가정해 보자.

그런데 상대가 그 검격을 그냥 몸으로 맞으면서 마주 공격해 온다면?

동귀어진의 수법이 무서운 것은 쌍방이 서로 같은 순간 공격을 하기 때문에 피하거나 막기가 지극히 어렵다는 데에 있다.

그런데 외공의 고수 대부분이 이런 동귀어진의 수법으로

싸운다.

그 단단한 육체가 바로 방패이자 무기이기 때문이다.

그렇게 되면 설사 공격이 성공해도 외공의 고수는 약간의 상처를 입는 것으로 그치고 말지만, 그 상대는 생명을 내놓아야 한다.

그래서 소림의 금강나한승이 무섭다고 알려진 것이다.

소림의 금강나한공은 외공 중에서도 손꼽히는 것이기 때문이다.

금강나한공 자체가 신공절학에 속하는 외공이니 당연하다면 당연한 일일 것이다.

"금강철신공을 익혔다고 했던가?"

"예, 그렇습니다."

"흠, 그건… 뭐 하는 무공인지 모르겠군."

"상승절학, 혹은 절정무학 중 하나입니다. 몸을 고르게 단련해 준다고 알려져 있습니다."

"그러면… 확실히 보통 도검은 통하지 않을 걸세. 그러니 도주만 못 하게 막는다 생각하고 귀마대를 모집하게. 절대 정면으로 맞상대해서는 안 될 것이야. 알겠나, 귀마대주?"

"명심하겠습니다."

"좋아. 그러면… 사냥을 시작해 보지. 저 아해는 나와 자네, 그리고 귀마오살이 상대하는 것으로 알고 있게."

"예."

두 명의 대화는 그걸로 끝이 났다. 그와 동시에 장호도 마차에 올랐다.

오독문의 귀빈을 위한 마차가 오독문을 떠난다.

第五章

내가 다시 도산검림으로 돌아왔구나

사람은 누구나 고향을 그리워한다.
그게 설사 피가 흐르는 곳일지라도.

그리움

의원귀환

두두두두두두두두두두두.

마차가 빠르게 달린다.

장호는 마차 안에서 흑각을 꺼내서는 요리조리 보고 있었다.

독기를 선천의선강기로 바로 흡수할 수는 없지만, 그걸 몸 안으로 받아들여 선천의선강기의 진기를 사용해 몸 한쪽에 모아놓을 수는 있었다.

이걸 잘 이용하면 마치 독공을 사용하는 것처럼 독을 살포할 수 있는 것이다.

혹은 이걸 그대로 몸에 흡수시켜도 좋다.

장호의 신체가 독을 계속 흡수함으로써 독에 대한 내성을 계속 증대시킬 수가 있다.

지금도 독에 대해서는 충분히 강하다 못해 절대적일 만큼의 저항력을 가지고 있다.

하지만 계속 수련하여 더 뛰어난 저항력을 가지는 것도 나쁘지 않지 않은가?

여하튼 장호는 흑각을 만지작거리면서 독기를 체내로 흡수했다.

이 정도 독으로는 장호의 신체를 해할 수 없어서 독은 장호의 몸 한쪽에 차곡차곡 쌓이고 있었다.

이걸 흡수해? 말어?

장호는 고민하는 중이었다.

마차 안에는 장호 혼자뿐이다.

호위역을 자처한 순찰당주 오무연은 마차 밖에서 말을 타고서 이동 중이다.

장호의 마차를 호위하는 오독문의 문도만 다섯 명이고 마차를 모는 마부가 한 명에 하인이 한 명 더 있었다.

이 정도면 제법 규모가 있다고 보아야 했다.

"응?"

흑각을 만지며 생각을 하던 장호는 마차가 점점 느려지는 것을 느꼈다.

뭐지? 하고 생각한 순간 마차가 결국 멈췄다.

장호가 마차의 창문을 열고 밖으로 고개를 내밀었다.

"어라."

저 앞 관도에 나무가 쓰러져 있다.

이거 참.

저쪽에서 와주는 건가.

장호는 흐릿하게 웃었다.

황밀교가 오독문과 연계되어 있는 것은 진작부터 알고 있던 사실.

오독문을 나서는 시점에서 황밀교가 올 수도 있다는 가능성은 생각해 두었다.

하지만 그 가능성일 뿐 실제로 올 확률은 조금 낮다고 생각했는데 그게 아닌 것 같다.

아니면 단순히 흑각이 아쉬웠을 수도 있다.

이게 이래 봬도 금자로 만 냥짜리이니, 엄청 비싼 물건이다.

"장 문주님, 습격자가 있는 것 같으니 마차 안에서 기다려 주시면 감사하겠습니다."

오무연의 말에 장호는 고개를 내저으며 마차 문을 열었다.

이제부터는 누구도 믿을 수 없다.

사실 믿든 믿지 않든 상관없지만.

어차피 일정 이하의 무인에게는 절대적이라고 할 만한 강함을 손에 넣은 장호였다.

애초에 대인전(對人戰)이 아닌 다인전(多人戰)을 염두에 두고서 무공을 익혀왔기에 더더욱 그랬다.

장호는 자신을 객관적으로 볼 줄 알았는데 전생의 경험에 의하면 그는 무공을 익히는 데에 천부적인 재능을 가진 것은 아니었다.

흔히 천무지체라든가 천룡지체 같은 그럴싸한 재목은 아닌 것이다.

그의 장기라고 해봤자 다른 이보다 아주 조금 더 뛰어난 오성 정도다.

그러나 그 오성이라는 것도 사실 제갈세가의 흔한 혈족보다도 못한 것이 현실이다.

제갈세가에서는 사서삼경을 열네 살에 떼지 않으면 멍청하다고 한다던가?

하지만 장호가 그렇게 뛰어난 두뇌를 가진 것은 아니다.

때문에 장호는 현생에 전생의 기억을 갖고 살아나자마자 이런저런 계획을 세워두었었다.

전생에 익혔던 각종 비전과 비술을 이용해 적어도 나이 스물 정도에 초절정의 경지에 이르고, 내공은 일 갑자에서 이 갑자 사이를 갖춘다는 계획 말이다.

그것이 바로 막 과거로 회귀한 때의 이야기다.

이후 스승인 진서를 만나 의선문의 진전을 모두 물려받고 내공까지 물려받으면서 계획을 수정했다.

다인전에 특화되기로 말이다.

애초에 원접심공만으로 초절정의 경지에 도달하려 했을 때에도 외공을 집중적으로 익힐 생각이었다.

원접심공도 제법 쓸 만한 내공심법이고 육체를 보호하는 속성이 있어 외공과 궁합과 상성이 잘 맞으니까.

그런데 선천의선강기의 공능은 원접심공에 비교할 바가 아니다.

때문에 장호는 더더욱 철저하게 다인전에 특화되는 무공을 익히기로 작심한 것이었다.

그 결과가 지금이다.

장호의 육체는 이제 검기로는 아무런 해도 끼치지 못한다.

검기의 다음 단계로 평가 되는 검사가 존재하지만 사실 검사의 위력은 검기와 비슷하다.

다만 더 광범위하고 변화를 주면서 공격할 수 있다는 것이 검사의 장점일 뿐.

그럼 검강은 어떨까?

마혈신외공을 익히기 전에도 호신기를 사용한다면 강기에

도 큰 피해를 입지 않을 것이라고 짐작하였다.

그럼 지금은?

강기라고 해도 거의 피해를 입지 않을 것이다. 그러기 위해서 마혈신외공을 익힌 것이니까.

그러니 이제 장호는 초절정의 고수라고 할지라도 열 명 정도는 동시에 상대가 가능하다.

더불어 그들을 격살하는 것 역시 그리 어렵지 않게 되었다.

가공할 무위라고 해야 할까?

방어라는 부분에 특화되었기에 가능한 일.

게다가 장호는 자신의 원거리 전투력이 떨어지는 것을 알고 있기 때문에 그를 보완하기 위한 무공도 따로 익히고 있다.

암탄공이 바로 그것이다.

원거리까지는 아니지만 적어도 반경 십 장 이내라면 장호에게 공격을 당하게 된다.

이런 상황이니 잡졸이 달려들어 봤자 장호에게 학살당할 뿐이다.

때문에 장호는 자신만만했다.

만약 화경에 이른 자가 왔다면 장호로서도 생사를 장담하기 어려운 혈투를 벌여야 할지도 모른다.

하지만 이 단단한 몸뚱이라면 어찌어찌 이길 수도 있다고 보았다.

그 부분은 경험해 보지 않은 영역이니 어쩔 수 없다.

하지만 초절정고수 정도라면…….

모조리 생을 끊어줄 수 있었다.

"적이 나타난 것 같은데 나 혼자 가만있을 수 있겠소? 한 팔 거들겠소."

"그러시다면……."

오무연은 장호의 말에 고개를 숙여 보인다.

장호는 그런 오무연에게 고개를 까딱여 주고는 일단 마차 지붕 위로 올라섰다.

그리고 잠시 기운을 북돋아 귀를 기울여 보았다.

화경에 이르면 기운을 사방에 퍼뜨려 주변을 인지할 수 있다는데 장호는 아직 그런 재주가 없었다.

하지만.

인간을 초월한 육신을 가졌기에 가질 수 있는 초감각이 그런 부분을 보완해 준다.

두근두근.

수십 개나 되는 심장 소리가 들린다. 장호는 피식 웃었다.

꽤나 몰려왔지만… 적어. 이 정도면 아주 쉽게 다 죽일 수 있겠어.

장호가 그렇게 생각할 때였다. 다수의 사람이 포위하듯이다가들었다.

"모두 무기를 들어라!"

오무연도 포위해 오는 적들의 움직임을 느낀 것인지 소리를 질렀다.

장호는 그녀의 심장 소리를 들으며 그녀가 이 습격에 대해서 모른다는 것을 알 수 있었다.

이거 상대의 심장 소리를 듣는 것만으로도 심리를 알 수 있네? 좋은 걸 알았군.

장호가 그렇게 생각하며 다시금 피식 웃었다.

"의선문주 장호, 맞나?"

결국 복면인들이 시야에 나타났다.

그런데 특이하게도 허연 수염을 길게 기른 선풍도골의 신선처럼 보이는 노인 한 명은 복면을 하지 않고 있었다.

그 노인의 질문에 장호가 고개를 끄덕였다.

"그렇습니다만. 노선배는 뉘십니까?"

장호의 말에 노인은 허허로운 미소를 짓는다.

"글쎄… 본인의 이름을 자네가 알까 모르겠군."

"그래도 통성명은 해야 하지 않겠습니까? 사실 모습을 보니 뉘신지 알 것도 같기는 합니다만."

"그래? 내가 누구인 것 같나?"

"혹 검인(劍刃) 선우생 노선배가 아닙니까?"

검인 선우생!

그는 정파인도 아니었고, 사파인도 아니었다.

그는 지금으로부터 약 오십 년 전부터 활동했던 자이다.

처음 그의 별호는 낭검(狼劍)이었다. 늑대처럼 사납다는 의미의 별호.

그는 떠돌이 무사였는데 어느 날인가는 한 도사를 구해주게 된다.

그 도사가 바로 전진파의 여러 갈래 중 하나를 잇던 모맹산인이라는 사람이다.

이 모맹산인은 구함받은 것을 인연으로 낭검 선우생을 제자로 받아주었다.

그리하여 모맹산인의 제자로 들어간 선우생은 그 당시에 현선이라는 도명을 받는다.

애초에 전진파에서 갈라져 나온데다가, 거의 일인전승 같은 문파였던 모맹산인의 전검문이다.

때문에 모맹산인이 타계한 후에 선우생은 전검문의 문주로 세상을 떠돌게 된다.

그는 도명도 받았고 문주가 되었음에도 도사라기보다는 한 명의 검귀라고 할 수 있었다.

그는 강력하고 현묘한 검이 있는 곳은 어디든지 찾아다녔다.

그래서 그를 검치, 혹음 검광이라고 부르게 된다.

그렇게 검의 수련에 매진하기를 십수 년.

지금으로부터 이십 년 전에 그는 한 가지 검공을 만들어내고 그를 증명하고자 수백 번의 비무를 하고 다니게 된다.

그 당시에 그의 검에 베인 자가 수백을 넘으니 세인들이 그를 검인이라고 부르며 두려워하게 되었다.

비무행이 끝난 이후 그는 돌연 사라져 버렸는데 갑자기 여기서 나타난 것이다.

물론 장호는 그가 황밀교의 수하가 된 것을 이미 알고 있었다.

검인 선우생은 황밀교의 난 때에 나타나 정파의 고수를 꽤나 참살했기 때문이다.

다만 그의 말로는 비참했다.

그의 강함과 활동성 때문에 무림맹이 함정을 팠고 그에 걸려든 그는 결국 사로잡혀 고문을 받다가 죽게 된다.

무림맹도 정파인의 연합이라고는 하지만 사실 그렇게 정의로운 집단은 아니었기 때문이다.

여하튼 그가 황밀교에 선 이유는 장호도 모르지만, 그의 활동에 대해서는 들어본 바가 있었고 그의 외모에 대해서도 들은 바가 꽤 되었다.

선풍도골의 선인 같은 외모, 그리고 한 자루의 낡은 검을 허리에 차고 있는 모습.

그렇다.

그가 바로 검인 선우생이다.

일설에 의하면 그는 신검합일을 이룬 자라고 했다.

그의 명성과 강함을 생각해 보면 화경에 오른 것이야 당연한 것일 터다.

하나 신검합일은 일반적인 경지와는 격을 달리한다.

신검합일에 이른 검수는 낡은 철검 하나로도 바위를 가른다고 알려져 있다.

검과 몸이 하나가 되는 경지…….

그것이 무엇인지는 장호도 잘 안다.

왜냐하면 선검문의 전인이었던 그가 바로 그 경지였기 때문이다.

신검합일은 절정일 때에도 이를 수가 있다.

이는 검의 어떤 이치를 깨닫고 터득하느냐에 따라 결정이 나기 때문.

오늘은 길보다 흥이 많을 수도 있겠군.

"허허허. 본인이 강호에 나서지 않은 지 벌써 강산이 두 번 바뀔 만큼의 시간이 지났거늘… 단번에 알아보다니 놀랍구면."

"이 후배가 강호사에 관심이 많아서 그런 것이니 개의치

마시지요.”

장호는 가볍게 응수했다.

사실 전생의 기억 때문에 알게 된 것이지만 그런 것이 아닌
척한 것이다.

하기사.

과거로 되돌아왔다고 말한다면 그 누가 믿어주겠는가?

제갈화린이야 장호와 같은 경우이니 믿지 않을 도리가 없
다지만 다른 이들은 아닐 것이다.

“그렇군. 본인을 안다 이 말이로군. 그렇다면… 이 자리가
그리 좋지 않음은 아는가?”

“복면을 한 자들을 보니 그런 것 같습니다. 다만 제가 궁금
한 것은……”

장호는 그리 말을 흐렸다.

“이는 오독문의 행사인가 하는 점이겠습니다. 어떻습니
까?”

“허허, 그것은 본인이 말해줄 수 없는 일이구나.”

“그렇습니까? 그 말씀만으로도 충분히 알 것 같습니다. 그
렇군요… 이번에 살아남는다면 오독문도 정리해 두는 편이
좋겠습니다.”

“오독문을 혼자서 해할 수 있다 생각하느냐?”

“노선배께서도 이미 알고 계시지 않습니까? 오독문에는 제

가 도망가고자 한다면 막을 자가 없습니다. 치고 빠지기를 반복한다면… 글쎄요. 적어도 보름 안에 절반 정도의 전력은 없애 버릴 수 있을 테지요."

장호의 말에 오무연의 두 눈이 크게 홉떠진다.

그녀는 지금 상황을 모르는 듯 굳은 표정이 되어 있었다.

그때다.

그녀의 몸이 벼락을 맞은 듯 부르르 떨렸다. 그리고 그녀의 시선이 한쪽으로 향한다.

장호는 그녀가 전음을 받고 있음을 짐작했다.

"하하하하. 이거 참, 이제는 대놓고 명령을 내리는가 봅니다. 그러면 거두절미하고 시작해 볼까요?"

장호는 그 말을 끝으로 가볍게 발을 굴렀다.

"모두 물러서라!"

그리고 동시에 신선 같은 외모의 검인 선우생이 벼락처럼 장호를 향해 몸을 날린다.

하지만 장호는 이미 옆으로 비호처럼 달려들고 있었다.

선우생과 장호의 거리는 제법 되었기에 장호가 우측에 있는 복면인 사이로 뛰어드는 것을 따라잡지 못했다.

복면인들은 급히 무기를 들어 올리며 장호를 향해 공격을 가했다.

그들도 절정, 혹은 일류의 수준에 이른 고수이다.

그래서 자부심이 있었고, 피하지 않고 방어를 위해 무기를 든 것이다.

그러나 그들의 그런 자부심과 긍지는 결국 그들의 생명을 거두게 만드는 원인이 되었다.

캉! 카캉!

선우생의 경고에도 기어코 장호의 앞을 막아섰던 그들의 공격은 정말 허무할 정도로 간단하게 장호의 몸을 찌르고 베었다.

하지만 그 공격은 너무나도 허망하게 아무런 상처도 주지 못했다.

그들의 두 눈에 경악이 떠오른다.

그 순간 장호는 이미 그들과 아주 바싹 근접해 있었다.

이미 공격을 위해서 자세를 잡았던 그들은 도저히 장호를 피할 수가 없었다.

콰득, 콰득.

장호의 두 손이 각기 하나의 목을 움켜쥐었다.

그렇게 움켜쥔 손은 아주 간단하고 재빠르게 쥐어졌다가 펴졌다.

목뼈가 으스러지는 기괴한 소리가 나고, 두 명은 그대로 끈 떨어진 인형처럼 쓰러져 버린다.

그 이후에도 장호는 지체하지 않았다.

두 시체가 땅에 떨어지기도 전에 두 손을 들어 좌우를 향해 휘둘렀던 것이다.

파파파파파파팟!

무음무형의 지풍이 사방으로 비산한다.

속도도 빠르고 무음무형이기에 막아내거나 피하는 것이 절대로 쉽지 않은 암탄공이 발현된 것이다.

그리고 이 암탄공은 초절정의 고수인 장호가 쏘아낸 것이라 적어도 절정의 무인이 아니고서는 피하거나 막을 수 없는 것이었다.

"크아악."

일류무사 여럿이 쓰러졌다.

그들은 중요 사혈과 요혈을 공격당해 죽지는 않았지만 단번에 전투 불능의 상태가 되었다.

순식간에 둘을 죽이고 여섯을 죽거나 전투 불능의 상태로 만들었다.

도합 여덟을 처리하는 데 걸린 시간은 눈을 두세 번 깜빡이는 사이였다.

"잔 수를 쓰는구나!"

그런 장호의 등으로 검인 선우생이 떨어져 내렸다.

한 자루의 보검을 꺼내 들고 떨어져 내리는 그의 전신에서는 살을 가르는 예기가 흘러넘쳤다.

그 스스로가 한 자루의 거대한 검이 된 듯한 모습!

그런 그에게서 도주하기에는 이미 늦었다고 판단한 장호다.

장호가 제자리에서 우측 다리를 박차고 빙글 돌았다.

그리고 허리춤에서 검을 뽑아내어 그대로 휘둘렀다.

카가가각!

허공에 큰 불꽃이 생겨났다.

검기와 검기가 허공에서 충돌한 탓이다.

장호는 상대와 일검을 겨룬 후 자신과 상대의 검기 운용 능력에 크나큰 차이가 있음을 인지했다.

힘은 비슷한 것 같았는데 충돌하는 그 순간 장호의 검기가 크게 잘려 버렸기 때문이다.

이게 신검합일의 힘인가?

예리함이 다르군.

장호는 그리 생각하며 정면을 바라보았다.

"허허, 본인의 일검을 받아내다니… 대단한 진기로군. 내력이 어느 정도 되는가?"

"그걸 말해줄 필요가 있겠습니까?"

"흐음. 나도 소싯적에 그대의 문파에 신세를 진 적이 있어 선천의선강기에 대해서 제법 안다네. 하지만… 설사 이 갑자라고 해도 내 검기를 감당할 정도는 아니란 말이지."

"그럴지도 모르지요."

"내가 검의 도를 얻은 이후 내 검을 제대로 막아내는 이가 없었거늘… 하하, 어디 한번 춤사위를 벌여보겠는가?"

"사양하겠습니다."

"자네가 사양한다고 해서 피할 수 있는 건 아니라네."

"과연 그럴까요?"

장호는 검인 선우생을 보며 미소를 짓는다.

과연 검인이라는 이름다웠다.

너무나 날카로운 그의 검을 막아내려면 그와 같은 경지에 이르거나 그보다 더 두터운 내력을 지녀야 했다.

하지만 장호의 선천의선강기는 천하에서도 세 손가락 안에 들어갈 정도로 순수한 기운.

때문에 비슷한 내력으로도 제법 버티는 것이 가능했다.

가장 날카로운 창과 가장 단단한 방패.

그런 의미랄까?

하지만 결국 손해를 보는 것은 방패다.

창은 부러지면 그만이지만 방패는 깨지는 순간 죽으니까.

장호는 그걸 알기에 자신의 장점을 살려 적을 상대할 생각을 했다.

"의선문은 의가입니다. 저는 무인이 아니고 의원이죠."

"그게 큰 상관이 있나?"

"있습니다. 바로 이런 것이지요."

화아악!

장호의 몸에서 독연이 일어났다.

흑각을 통해서 며칠간 흡수한 독으로, 검은 독연은 순식간에 사방을 메웠다.

"허허허. 잔재주로다."

검인은 그런 장호를 보며 웃고는 그대로 몸을 날려 장호를 향해 쇄도했다.

이 정도 독에 당할 검인이 아니었다.

그리고 그가 독연에 들어간 순간, 장호는 마주 충돌해 갔다.

카가가강!

장호의 검과 검인의 검이 허공에서 충돌한다.

그 순간 검인 선우생은 그가 평생을 바쳐 창안한 구천현신검도를 펼쳤다.

구천현신검도는 구천의 망자조차도 가둘 수 있다는 검법!

그러나 장호는 그런 검법이 펼쳐지자 도리어 전신으로 호신기를 잔뜩 끌어 올린 다음 동귀어진의 수법을 펼치며 뛰어들었다.

검인은 장호가 자신의 몸을 믿고 아예 동귀어진의 수법을 펼친다는 것을 바로 깨달았다.

이렇게 저돌적이고 갑작스러운 수를 사용하다니?

그러나 검인은 자신의 검을 믿었다.

그가 걸어온 수십 년의 검로, 그것은 그를 배신하지 않을 것이다.

스스스스!

검기가 더욱 두터워지고 빛이 강렬해졌다.

그 짧은 사이에 검기가 검강으로 변이한 것이다.

검강을 담은 신검합일의 검!

물론 너무 짧은 순간이었기에 충분히 진기가 실린 것은 아니었다. 완전한 검강이 아닌 불완전한 검강이었다.

그러나 신검합일의 검로(劍路)는 불완전한 검강이라고 할지라도 아주 날카롭게 만드는 공능이 있었다.

그러한 검이 장호의 가슴을 빠르게 찔렀다.

크가가가가가각!

검인 선우생의 눈이 흡떠진다.

그의 검은 모든 것을 가를 수 있다고 믿어왔다.

같은 검강지기를 구사하는 검수라고 해도 그의 검에는 잘린다.

실제로 그런 경험도 몇 번이나 해왔다.

그러나 그의 그런 검이 장호의 가슴을 가르지 못하였다.

피부가 갈리고 피가 흐르며, 근육에 손상을 주었다.

그러나 검은 심장의 근처에도 가지 못하고 가슴팍에서 멈추고 말았다.

검강은 흩어졌고 검에 서린 기운이 사라진 것이다.

그 찰나의 순간.

마치 영원 같은 그사이에 장호의 손이 아주 느릿하게, 그러나 실제로는 무시무시한 속도로 마주 찔러오고 있었다.

장호의 손은 곧게 뻗어져 있었고, 그 손은 이미 선우생의 심장에 다다라 있었다.

검이 긴 것이 이런 근접전에서는 악재가 되었다. 선우생의 신법으로는 도저히 막을 수도, 피할 수도 없었다.

그 순간이었다.

퍼억!

누군가가 더 빠르게 달려와 선우생의 몸을 밀쳤다.

그러나 이미 거의 다다랐던 장호의 손은 선우생의 늑골을 갈아버리면서 폐 한쪽을 완전히 뭉개 버렸다.

심장을 부순 것은 아니지만 폐 한쪽을 완전히 뜯어버렸다.

이 정도만 해도 거의 사망이라고 보아야 했다.

"쿠헉."

선우생이 피를 토하며 나가떨어졌다. 그리고 동시에 장호의 몸에 복면인의 검이 쇄도해 왔다.

카가강!

그러나 선우생의 불완전한 강기도 이겨낸 장호의 육신이다.

겨우 검사를 두른 검이 찔러봤자 무슨 의미가 있겠는가?

장호의 몸이 검을 튕겨냄과 동시에 장호의 두 손이 번개처럼 뿌려졌다.

콰르릉!

장력이 뿌려지고 그 장력은 정확하게 복면인의 복부를 두드렸다.

가죽북이 터지는 소리가 나며 복면인도 나가떨어져 버린다.

두 고수가 나가떨어지고 장호는 가슴에 피를 흘리면서 멈추어 섰다.

장내에는 절대적인 침묵만이 감도는 듯했다.

"이래야 도산검림이지. 하하, 오랜만에 고향에 돌아온 기분이야."

장호의 중얼거림에는 누구도 이해할 수 없는 감정이 담겨져 있었다.

"방심하셨군요."

장호는 고개를 돌려 폐 한쪽과 함께 흉부가 완전히 뜯겨 나간 선우생을 보았다.

이미 선우생은 살아나기 그른 상처를 입었다.

장호의 손이 우측 흉부를 아예 뚫고 뜯어버렸기 때문이다.

이러고도 살아나려면 전설의 불사신공을 익혀야 할 것이다.

"큭… 자… 네… 말이… 맞군……."

"처음부터 전력을 다했다면 저로서도 어려웠을 겁니다. 그 검강은… 불완전했습니다."

선우생은 말을 잇지 못했다.

장호의 시선은 그런 선우생의 옆에서 피를 토하며 일어서려는 복면인을 향했다.

초절정의 경지에 오른 자이다.

오독문의 무공이 아닌 듯한 검공을 썼다. 누군지는 모르나 황밀교에서 나온 이일 것이다.

"실험은 성공적이군요. 노선배께 감사드립니다."

"무슨……."

"제 육신의 외공이 검강을 견디어낼 수 있는가… 그게 제 의문이었습니다. 그리고 오늘 확실히 결정이 났습니다. 제 육신은 비록 상처 입겠지만 검강을 견딜 수 있다는 것을요. 이렇다면… 제가 동귀어진의 수법으로 화경의 고수도 처리할 수 있지 않겠습니까?"

장호의 말은 무서운 것이었다.

장호는 실제로 화경에 이른 이도 아니고 절대고수라 칭하는 이들처럼 지고한 무의 경지를 개척한 것도 아니었다.

하지만 장호는 압도적인 육체를 무기로 삼았다.

화경이라고 해도 동귀어진의 수법으로 달려드는 자는 상

대하기가 지극히 난해하기 때문에 장호는 화경이 아님에도 화경을 살해할 수 있는 것이다.

"쿨럭… 훌륭……."

선우생은 그 말을 마지막으로 두 눈에서 빛을 잃어버렸다. 절대고수의 죽음치고는 허망한 최후였다.

그러나 화경에 이른 이들도 결국 피육으로 이루어진 사람에 불과하다.

방심하고 큰 부상을 입는다면 이처럼 죽을 수밖에 없었다.

장호의 도박은 성공이었고 그의 도박은 성공하지 못한 것뿐.

그렇다. 이게 바로 도산검림의 강호인 것이다.

"자, 그러면… 정리를 좀 해볼까?"

장호는 주변을 쓸어 보았다.

안색이 새파랗게 변한 오무연을 비롯한 오독문의 무인들과 겁을 집어먹은 듯한 복면인이 보였다.

"시작하지."

그리고 장호가 비호처럼 날뛰었다.

第六章

암습

어둠 속의 칼날을 조심하라.

충고

의원귀환

"오 당주, 그대는 이번 일에 대해서 조금도 모르는 모양이군."

오무연.

그녀는 빳빳하게 몸이 굳어진 채로 장호의 앞에 앉아 있었다.

검인 선우생을 죽인 이후 장호는 복면인들을 공격했다.

그들은 모두 뿔뿔이 흩어져 도망쳤고 결국 절반 정도는 장호를 피해서 달아날 수 있었다.

달아난 이들 중에는 오독문도도 있었다.

그리고 그 와중에 장호는 오무연을 잡았다. 그럴 가치가 있다고 생각했기 때문이었다.

오무연은 오독문주의 손녀.

그러니 인질로서의 가치가 존재한다.

물론 오독문주가 비정하게 그녀를 희생시킬 수도 있긴 하다.

아니, 거의 그럴 것이라고 보아야 했다.

오독문은 황밀교의 수족이 된 것처럼 보였기 때문이다.

그렇지 않았던들 이런 일이 있을 수가 있을까?

그러나 얼마 후 황밀교는 폐문하게 될 거다. 장호가 그렇게 만들어줄 생각이니까.

"장 문주님께서 무슨 오해를 하시는 것인지 모르겠습니다."

"오해라? 습격한 복면인들과 함께 오독문도가 달아나는 것을 내 두 눈으로 똑똑히 보았거늘 오해라고? 재미있군."

장호의 말에 오무연은 입술을 깨문다.

그녀는 그녀의 숙부가 복면인들 사이에 있었음을 알고 있다.

숙부가 직접 전음으로 말해준 까닭이다.

"황밀교를 아나?"

"모릅니다."

"흠, 그렇군. 모르나 보군. 꽤나 은밀하단 말이지… 직계 혈족조차 모르게 스며들 정도면."

"황밀교가 무엇입니까?"

"그 정확한 정체는 나도 잘 몰라. 다만 고대로부터 비밀리에 세를 키워온 비밀결사이고 어떤 종교를 기반으로 하는 무리라는 것만 알지. 석년의 마교에서 갈라져 나왔다고도 하는데… 그 진실은 누구도 모른다고 할까?"

장호는 그리 말하고서 오무연을 내려다보았다.

"그대가 모른다고 할지라도 상관없다. 어차피 그대에게는 선택지가 없으니까."

"그럼 저에게 기다리고 있는 미래는 무엇입니까?"

"글쎄… 죽음? 파멸? 어느 쪽이 마음에 드나?"

"다른 선택지는 없습니까?"

"없다. 삭초제근이 가장 확실한 것 아니었나?"

장호의 말에 오무연은 입을 다물었다.

오독문은 사파이고 그런 것은 오독문에게 익숙한 일이었다.

그리고 그녀도 그렇게 해왔다.

하지만 그럼에도 그녀는 살고 싶었다. 여기서 죽기에는 생에 대한 욕구가 너무 강했다.

"금제를 해도 좋습니다. 살려주십시오."

"살려달라? 노예가 되어도?"

"살아남으면… 길이 생길 거라고 생각합니다."

"하하하, 재미있는 이야기로군. 나는 곧 자네의 부모와 친척, 그리고 형제자매와 문도까지 많이 죽일 생각이야. 그런데도 나에게 삶을 구걸하며 노예가 되고자 하는가?"

장호의 말에 오무연은 입술을 피가 나도록 깨물었다. 그리고 독기가 서린 두 눈으로 장호를 노려보았다.

"그렇다 해도… 살고 싶습니다."

"그렇군. 그렇게라도 살고 싶다는 건가… 좋아. 그러면 운명에 맡기는 것은 어떨까?"

"운명이라고 하시면?"

"어차피 나는 곧 오독문을 공격할 것이다. 그리고 나는… 오독문에게 천적 같은 존재이지."

오독문.

독의 명가.

그러나 장호는 마혈신외공을 익힌 데다가 독을 자체적으로 해독하여 내성을 높이는 선천의선강기를 삼 갑자하고도 반 갑자나 더 연공했다.

그런 장호에게 오독문의 독은 거의 통하지 않는다.

전설의 무형지독이라면 모를까, 그것이 아니라면 장호에게 아무런 효과가 없을 것이 확실하다.

그렇다면 철저하게 무공 그 자체의 강함으로 장호를 상대해야 한다는 뜻이다.

하지만 오독문주조차도 검인 선우생보다 강하지 않다.

아니, 확실히 한 수 처질 것이다.

황밀교의 장로가 되어버린 사마공이 온다면 모를까 그러지 않는다면 장호를 막을 수 있는 자가 없다.

그리고 장호는 자신보다 하수에게는 압도적으로 강하다.

선천의선강기 덕분에 어지간해서는 지치지 않고, 무기마저 통하지 않으니 장호와 오독문의 싸움은 코끼리와 개미의 싸움이나 마찬가지인 것이다.

"오독문은 멸문까지는 아니지만… 폐문될 것이다. 절반 이상의 전력을 잃는다면 더 이상 명문 대파라고 부를 수 없겠지. 그 세력을 회복하려면 적어도 십 년간 절치부심하지 않으면 안 될 게야. 그나마 이 운남에서는 오독문에 도전할 문파가 없으니 회복은 빠르겠군."

"감히 당신이……."

"감히 뭐? 못할 것 같나?"

장호의 말에 오무연은 피가 흐르는 입술을 닫아걸었다.

장호가 어찌 싸우는지 그녀는 보았다.

그렇기에 장호의 말이 가능하다는 것을 안다.

"문주와 직계 혈족을 모조리 죽이겠다. 그리고… 네가 오독문을 이어받도록."

장호의 말에 오무연은 눈을 동그랗게 떴다.

"어떤가? 그 이후 황밀교와 등을 돌리고 나와 손을 잡는 거다. 어차피… 이래도 죽고 저래도 죽는다면 이 정도 도박은 해야 하지 않을까?"

"그 제안을 선택하지 않는다면……."

"죽겠지."

"그렇다면 저에게 선택의 여지가 없군요."

"그렇다."

"좋아요. 기꺼이 장 문주님의 손을 잡겠어요."

그 말에 장호는 웃었다.

즉석으로 생각한 일이지만, 제법 쓸 만한 생각이었다.

물론 차후에 그녀가 황밀교와 손을 잡을 수도 있다.

하지만 그런 미래에 대비하여 이런 제안과 대화를 한 것이다.

이 사실을 흘리기만 해도 그녀는 첩자로서 황밀교에 의심을 받게 된다.

여러모로 장호로서는 미래에 유리해지는 것이다.

"그럼 좀 자고 있거라."

장호는 그녀의 수혈을 짚어 잠이 들게 했다.

그리고 그녀의 몸을 누르고 진기를 조금 흘려보내어 귀식

대법을 펼친 상태로 만들었다.

이 정도면 적어도 보름은 그냥 조용히 잠들었다가 무리 없이 깨어날 수 있었다.

"살다 보니 이런 일도 생기는군……."

장호는 하늘을 보며 나직이 말했다.

애초에 어린 시절로 회귀한 것부터가 남들은 겪을 수 없는 일이다.

그리고 이왕 이런 일을 겪은 김에 미래를 자신에게 유리하게 바꾸기로 장호는 결심했다.

                    *   *   *

오독문.

운남성의 지역 대부분이 산과 숲, 그리고 늪지 등 중원인은 살기 어려운 지형으로 이루어져 있다.

때문에 오독문도 그런 지형지물을 이용한 방어적인 건축물이 즐비했다.

하지만 장호는 이미 오독문 내로 들어갔다 나온 바가 있어 어느 정도는 지형을 알고 있었다.

때문에 환영신보를 사용하여 그 안으로 스며드는 것이 그리 어렵지는 않았다.

장호의 내공은 무척이나 많은 편이고 장호의 경지는 화경에 이른 이가 아니라면 알아차리기 어렵다.

같은 초절정이라고 해도 감각을 특별하게 단련하는 무공을 수련한 것이 아니라면 장호를 알아차릴 수 없는 것이다.

장호는 그렇게 유령처럼 오독문의 안으로 스며들었다.

사실 장호는 그렇게 공들여서 잠입할 생각도 없었다.

만약 걸리게 되면 그때부터 싸우면 되는 거니까.

하지만 어이없게도 아무에게도 걸리지 않고 쉽게 침입할 수 있었다.

그것은 오독문의 방비가 무척 허술한 상태에 놓여 있었기 때문이다.

오독문은 제대로 된 외침을 당한 적이 거의 없다.

운남성 자체가 중원에서 보면 변방이고 살기가 어려운 지역이기 때문이다.

오독문은 운남성 최대의 문파. 그러니 운남성에서 감히 시비를 걸거나 도발하는 문파가 없었다.

그렇다고 운남성 밖의 문파가 운남성에 관심을 가진 것도 아니다.

그러다 보니 평화가 제법 오래 지속되었다.

오독분이 사파로 분류된다지만, 제대로 된 싸움을 해본 적이 없었다.

그래서 이렇게 방비가 허술한 것이었다.

어이없군.

장호는 속으로 그렇게 생각하며 은밀하게 이동을 계속했다.

우선은 총관, 그리고 장로를 암습하여 죽인다.

그다음은 문주.

그리고 직계 혈족 중에서 강해 보이는 자는 모조리 죽인다.

장호는 그렇게 생각하고 움직이고 있었다.

스으으으.

장호는 내가진기를 움직여 감각을 최대로 활성화했다.

화경에 이르면 기감을 광범위하게 퍼뜨릴 수 있다지만 아직까지 그런 재주는 없다.

하지만 장호의 육체는 보통 사람을 초월한 상태이지 않던가? 진기를 북돋자 사방의 소리가 다 들렸다.

소리만으로도 상대가 고수인지 아닌지 알 수 있다.

장호는 그중에서 고수로 짐작되는 이들이 있는 곳으로 향했다.

장로원주 사인주, 그가 한 전각에서 책을 들여다보고 있다.

안 자나?

장호는 잠깐 생각해 본다.

장로원주 사인주의 경지는 초절정.

그 정도면 장호로서도 제압이 가능하지만 일격에 죽이는 것은 무리가 있었다.

소란이 일 것이고, 다른 이가 뛰어 들어온다. 번거롭겠어. 그렇다면······.

장호는 조금 더 기다리기로 했다.

스스스슥.

열려 있는 창문으로 안개처럼 스며들었다. 그리고 마치 바퀴벌레처럼 천장에 바싹 붙었다.

환영신보의 환영진기로 몸을 두르고 있기에 기척도 흘리지 않고 시각적으로도 보이지 않는다.

장호는 그 상태로 구석의 어둠에 몸을 숨기고 계속해서 매달려 있었다.

보통 사람은 매달리기는커녕 잠시도 견디기 어렵겠지만 장호에게는 어렵지 않은 일이었다.

이윽고 사인주는 서책을 덮더니 자신의 침대로 가서는 좌선을 하고 앉았다.

운공을 시작하는 것이리라.

기회로군.

장호의 손이 슬그머니 사인주를 향했다.

파파팟.

무음무형. 암탄공의 지풍이 방출된다. 허공을 가른 지풍은 그대로 사인주의 뒤통수에 가 닿았다.

퍼어억!

장호가 내력의 이 할을 사용한 지풍이다. 단번에 두개골을 뚫고서 그 뇌를 곤죽으로 만들어 버렸다.

사인주는 운공하는 와중이었기에 무엇도 하지 못하고 즉사하고 말았다.

초절정고수의 죽음치고는 너무나도 허무한 최후였다.

"참나… 오독문 이거, 허당이네."

장호도 어이가 없어서 사인주의 시체를 내려다보면서 한소리했다.

이래서야… 결국 오독문은 머릿수와 독 빼고는 남는 게 없는 곳이 아닌가 하는 생각이 들 정도다.

장호는 사인주의 시체를 내려다보다가 그가 보던 책으로 향했다.

그리고는 깜짝 놀라야 했다.

"헛, 이건……."

독룡신공.

책의 겉면에는 그리 쓰여 있었는데 낡은 양피지에 기록된 고서였다.

그리고 장호는 이 무공의 이름을 들어본 바가 있다.

독룡신공은 인간이 독룡처럼 된다는 것을 가정하고 만든

독공 중 하나다.

독룡신공을 대성하면 몸에서 용의 비늘이 자라난다는 이야기가 있는데 이는 거짓이 아닌 진실이었다.

왜냐하면 이 독룡신공을 대성하여 독룡지체가 된 자가 황밀교에 있었기 때문이다.

설마 그 독룡지체가 된 자가 사인주였단 말인가?

아니면 사인주 외에도 독룡신공을 익힌 자가 있단 말인가?

어느 쪽이든 미래의 강력한 경쟁자, 혹은 적수를 미리 처리한 셈이니 장호로서는 좋은 일이었다.

"이거 한 건 했네……."

독룡신공을 사천당가에 팔아넘기면 크게 돈을 벌 수 있었다.

의가인 의선문에서도 독공을 익히는 이가 있다면 도움을 줄 수 있으니 얼마나 쓸 만한가?

독룡신공은 이름만 신공이지, 사실 마공으로 분류되는 무공이다.

부작용으로 심성이 사악해지고 흉포해지는 부분이 있기에 그런 것이다.

하지만 그런 부분을 완화한다면 꽤나 쓸 만한 무공이었다. 그리고 그 정도는 장호도 할 수 있는 일이다.

독룡신공의 비급을 챙긴 장호는 다시 환영진기를 두르고

천천히 움직이기 시작했다.

앞으로도 죽일 자가 아주 많았다.

*　　　*　　　*

증괴신, 묘단인.

두 장로는 장호의 손에 결국 죽임을 당하고 만다.

증괴신은 질펀하게 어떤 여인과 정사를 나누던 와중에 죽임을 당하였고 묘단인은 화장실에서 볼일을 보다가 죽임을 당했다.

그 외에도 이들 증괴신과 묘단인과 비슷한 무위를 가진 이를 세 명 더 죽였다.

그러는 동안에도 장호의 행적이 발각되지 않았으니 오독문이 얼마나 허술한 집단인지 알 수 있는 대목이었다.

겨우 하룻밤이다.

그 사이에 증괴신, 묘단인, 장로 세 명, 거기에 장로원주인 사인주까지 죽었다.

장로원의 장로가 열다섯 명이니 하룻밤 사이에 삼 할이 암습으로 죽고 만 것이다.

당연하게도 날이 밝고 그들의 죽음이 알려지면서 오독문 전체가 발칵 뒤집어졌다.

"이게 대체 무슨 일이란 말이냐!"

오독문주 오선공이 분노한 얼굴로 수하를 쓸어 본다.

총관 소헌자는 애초에 무공은 그리 강하지 않기에 이 자리에서 할 말이 없었다.

그래서 오독문주는 소헌자에게서 시선을 돌리고 오독문의 정예 무력 단체인 독룡단의 단주를 바라보았다.

"독룡단주, 범인의 색출 작업은 어찌 되고 있나?"

"현재 경비를 맡고 있는 사독단주와 협력하여 사방을 뒤지고 있습니다."

"빨리 찾아! 무려 여섯이야! 게다가 장로원주인 사인주는 보통 고수가 아닌데 그리 죽었다면 범상한 자가 아니다!"

"경계 등급을 최고로 올렸고 문도를 모두 동원하고 있으니 진정하십시오."

"크으… 오늘부터 모든 문도는 이교대로 경계를 강화하며, 모두 오인 일조가 되어 움직이도록!"

"존명."

그리고 그런 회의를 숨어서 엿듣는 장호는 슬그머니 미소를 지었다.

멍청하기는… 어차피 너희는 내 적수가 못 돼.

그리고 다시금 밤이 되었다.

＊　　　＊　　　＊

"살수가 나타났다며?"

"아주 신출귀몰한 놈이라더군. 벌써 장로 다섯이 죽고 장로원주님마저 비명에 돌아가셨다고 하네."

"제길, 어떤 새끼야?"

"본 문에 원한을 가진 누군가겠지. 하지만 얼마 안 있으면 잡힐 거야."

다섯 명으로 이루어진 무인이 길을 따라 걸었다.

오독문 내를 순찰하는 순찰조 중 하나로 조장이 일류무인이고 나머지는 이류에서 삼류무사였다.

오독문이 명문 대파 중 하나라고는 하지만, 무인의 숫자는 총합 이천여 명이 안 된다. 애초에 이천여 명 정도를 유지하는 명문 대파도 거의 없다.

이유가 무엇일까?

일단 무인들은 유지비가 꽤 나간다.

삼류나 이류무사라고 해도 보통 농부보다는 더 많은 돈을 번다.

그 정도는 대우를 해줘야 한다는 암묵적인 시세가 있기 때문이다.

그보다 대우가 적으면 문도들은 자신이 소속한 문파에 불만을 가지게 된다.

그게 표출은 당장은 안 되더라도 나중에 크게 문제가 될 수가 있는 법이다.

때문에 삼류무사라고 해도 한 달에 은자 세 냥은 받는다.

이류무사가 되면 은자 열 냥, 일류무사가 되면 은자 이십 냥은 받게 된다.

그리고 절정고수면 한 달에 은자 오십 냥은 받고, 초절정고수는 은자 삼백 냥을 받을 수 있었다.

문파원이 삼류무사만으로 이루어졌다고 해도 삼천 명이면 무려 은자 구천 냥을 소모해야 했다.

금자로 치면 구백 냥이다.

그런데 이류, 일류, 절정, 초절정까지 적절하게 섞여 있다면?

적어도 금자 삼천 냥 정도는 사용해야 했다.

그뿐인가?

무기도 수선해야 하지, 의약품도 구비해야 하지, 하인들도 부려야 하지, 이래저래 쓸데가 꽤 많다.

그런 거까지 포함하면 한 달에 금자 오천 냥 정도 소모한다고 볼 수 있다.

엄청난 액수가 아닌가?

보통 명문 대파의 한 달 총매출이 금자로 육천 냥에서 일만 냥 정도.

그러니 순수익으로 남는 게 보통 금자 천 냥에서 오천 냥 정도다.

편차도 꽤 심해서 어떤 문파는 아예 적자 상태인 곳도 있다.

애초에 사업 관리라는 게 쉬울 리가 없으니 당연하다면 당연한 일이다.

그러한 상황을 생각해 본다면 오독문이라고 해도 문도 전원이 일류무사일 수는 없음을 알 수 있다.

돈의 문제 때문이기도 하지만 무림에 있는 일류무사의 절대적인 수 자체가 적기 때문.

그런 이유로 순찰을 도는 자들도 그런 식이다.

조장이 일류무인, 조원은 이류에서 삼류.

당연하게도 이들은 장호의 상대가 될 수 없었다.

"조장님 말씀대로입죠. 전시체제이니… 어떤 놈이든 그냥… 컥!"

뭐라고 아부를 하던 무사가 컥 소리와 함께 목을 부여잡는다.

그 모습에 다른 무인들이 크게 놀라서 반응하려는 찰나.

그들도 목에 화끈한 감각을 느끼며 목을 부여잡아야 했다.

숨이 막히고 엄청난 격통이 내달렸다. 그러나 소리도 내지 못한다.

목에 구멍이 났기 때문이다.

"전시체제라고 해도… 너네는 너무 허술하다고."

장호는 목을 부여잡고 쓰러져 바둥거리는 다섯 명 앞에 나타났다.

어둠 속에 숨어 있다가 암탄공으로 목을 뚫어 죽여 버린 것이다.

"오독문 약하구먼… 나중에 난을 일으킬 때는 그렇게나 강하더니."

장호는 혀를 차며 바둥거리는 이들에게 다시금 손을 써 편안하게 해주었다.

그들 모두 고통에서 해방되어 생을 마감했다.

"어디 보자… 내력이 절반 정도 남았나."

맨몸으로도 일류무사 다섯 정도는 순식간에 죽일 수 있는 장호다.

하지만 환영신보를 사용해 몸을 감추어야 하는 만큼 내력을 조금씩 소모하고 있었다.

지금까지 죽인 무사의 수만 적어도 오십 명.

이대로라면 며칠만 더 해도 순식간에 수백여 명을 죽일 수 있을 터다.

"슬슬… 도망가 볼까나."

장호는 다시 어둠 속으로 스며들었다.

숨어서 다시 내공을 회복할 시간이었다.

*   *   *

장호는 실로 여러 가지 잡다한 무공을 많이 익혔다.

그중에서는 땅을 파는 무공인 토행공이라는 것도 있다.

내기를 손에 집중하여 삽 대용으로 사용하는 무공이 바로 토행공이다.

이걸 사용하면 땅을 금세 팔 수 있다.

장호는 그렇게 땅을 깊숙이 파서 토굴을 하나 만들어 이를 은거지로 사용하고 있었다.

밤이 되면 암습을 시작하고 내공이 절반 이하로 떨어지면 여기로 되돌아와서는 내공을 채운다.

그런 생활을 반복하기를 벌써 열흘이나 했다.

장호의 손에 죽은 오독문도의 수가 이미 칠백여 명을 넘어갔다.

대략 오독문의 전력 절반 정도가 날아간 셈이다.

게다가 지난 열흘 동안 추가로 오독문의 장로 둘을 더 죽였다.

이로써 오독문의 장로원 전력은 절반으로 떨어졌다.

초절정고수를 무려 일곱이나 죽였으니 엄청난 피해를 입힌 셈이다.

그리고 순찰대원과 같이 행동하는 절정고수도 꽤나 죽었다.

그 수가 무려 이십여 명에 달한다.

오독문은 이제 명문 대파라고 부를 수도 없는 수준에 도달했다.

이제는 그저 그런 중소 문파라고 해야 할까?

물론 여기서 장호는 멈출 생각이 조금도 없다. 완전히 폐문시켜 버릴 생각이다.

일단 문주가 죽어야 했다. 그리고 황밀교의 뿌리도 뽑아야 했다.

장호는 그렇게 생각하면서 다시금 토굴에서 일어섰다.

또다시 사람을 죽여야 할 시간이 왔다.

스스스슥.

토굴은 오독문에서 보통 사람이 걸어서 대략 한 시진 정도 걸리는 거리에 있었다.

하지만 초절정고수인 장호가 경공을 사용해서 이동하면 반각도 안 걸린다.

그렇게 빠르게 오독문에 도착한 장호는 눈을 빛내었다.

"호오……."

오늘의 오독문은 어제와 달랐다.

여태까지 매일 환하게 횃불을 켜났던 것과 다르게, 오늘은 횃불을 몽땅 꺼버렸기 때문이다.

그렇다면… 뭔가 함정이 있다는 것이다.

허장성세일까? 아닐까?

장호는 그렇게 생각하다가 비릿하게 웃었다.

생각해 보면 전생에서는 살아남기 위해서 아등바등해야 했던 약자였다.

그러나 지금의 장호는 과거와는 비교도 안 되게 강해진데 다가, 강자의 폭력을 마구 행사한다.

격세지감이 느껴지지 않을 수가 없었다.

게다가 지금 장호의 심리는 두려움도 느끼지 못하는 상태였다.

상대는 약하다. 나는 강하다.

그리고 나는 저들 모두를 압도할 수 있다.

장호는 그렇게 생각했다.

그러면… 가보실까.

장호가 어둠 속으로 스며들었다.

스르륵.

유령처럼 조용히 이동하면서 장호는 오독문 내에 사람이 아예 없다는 것을 알았다.

그의 초인적인 감각에 의하면 대부분의 사람이 중앙에 위치한 대전(大殿)에 있었다.

아예 결사항전을 하기로 한 건가?

그래, 좋다. 모여 있다면 내가 너희를 더 쉽게 처리할 수 있겠지.

장호는 그리 생각하면서 환영신보를 해제하고 중앙 대전을 향해 걸음을 옮겼다.

그리고 미리 챙겨둔 복면을 하나 뒤집어썼다.

"오독문에서 이렇게 나올 줄은 몰랐는데 꽤 기개가 있군."

장호는 음성마저 변조하고 대전의 열려 있는 문으로 들어섰다.

그곳에서는 오독문의 정예 삼백 명이 장호를 기다리는 중이었다.

그리고 그 중심에는 오독문주 오선공이 있었다.

"의선문주 장호! 네놈이 대체 무슨 억하심정이 있어 본 문을 이리 공격하느냐?"

들어서자마자 오독문주가 일갈해 온다.

장호는 어이가 없었지만, 그러려니 했다.

"의선문주라니? 나는 그저 오독문에게 복수를 하고자 하는 자일 뿐이다. 너희 오독문의 악행이 하늘에 닿았으니 이제 세상에서 사라져야 할 게 아니겠는가?"

"개소리하지 마라!"

"개소리라니? 얼마 전에 죽였던 증괴신만 해도 마을의 처자를 납치해 강간하고 있더군. 그런 문파가 악(惡)이 아니라면 대체 뭐냐? 네놈들이 죽는 것은 네놈들이 악을 행했기 때문이고 나 역시 은원이 있기 때문이지."

장호는 그렇게 그럴듯한 말을 늘어놓았다.

"자, 말은 필요 없다. 어차피 나는 너희들 모두를 죽이려는 거니까. 그래도 아이와 여자는 건들지 않으마. 너희의 죄는 너희가 문파를 이루고 악행을 하기 때문이니, 문파가 사라지고 너희 전원이 개개인으로서 살아간다면 악행도 줄어들 것 아니겠나?"

"이노오오옴! 저놈을 참살하라!"

드디어 시작이군.

오독문주의 명령과 함께 방패와 칼을 든 무인들이 나섰다.

오독문은 여타 강호의 문파와는 조금 다르다.

운남성을 기반으로 하기 때문에 운남성을 살아가는 토속민이 문도의 대부분이기 때문이다.

오독문주도 한인이 아니다.

한인의 피가 섞여 있는 혼혈이었다. 혈족 동맹을 위해서 혼인을 거듭한 결과였다.

때문에 그들의 무공은 중원의 것과는 꽤나 달랐다.

그중 하나가 바로 저 방패다.

이른바 등갑방패라고 하는 것인데… 아주 질긴 나무줄기에 기름을 먹여 말려서 만든다.

자르기도 몹시 힘들고, 무척 가벼우면서 단단하다.

기름을 먹였으니 잘 탄다는 게 약점이지만, 근접전에서 엄청난 이점을 발휘하는 효과가 있었다.

거기에 묘족 특유의 만도를 사용하면 어마어마한 전투력을 발휘하는 전력이 된다.

게다가 저 방진을 유지하면서 쓰는 무공도 있어서 상대하기가 까다롭다.

그뿐인가?

저 만도에는 독이 발라져 있고 뒤에서는 독을 바른 암기를 날려댈 것이다.

초절정고수라고 해도 이 상황은 지극히 위험했다.

물론 장호로서는 그러한 사실까지는 모른다.

전생의 경험이 있다지만, 등갑방패병은 그도 처음 보는 것이었기 때문이다.

다만 풍문으로 전해 듣기는 했다.

오독문에는 방패를 전문으로 하여 익히는 무공이 있고 그것과 동시에 익히는 도법이 날카롭다고 말이다.

물론 그러든가 말든가 아무래도 좋았다.

장호는 저들과 상성상 우위에 있었다.

어찌할 수 없을 정도로 확고한 우위 말이다.

척, 척, 척.

질서정연하게 사십여 명 정도가 방패를 들고서 다가왔다.

장호는 그들을 보면서 어떻게 해야 할까 가늠했다.

그의 육체는 초인적인 것이라서 사실 내력을 쓰지 않아도
저런 일류 정도 되는 무인을 쓰러뜨리는 것은 아주 쉬웠다.

그렇다면…….

쾅!

장호가 발을 구른다.

그리고 비호가 되어 방패를 든 이들을 향해 뛰어들었다.

第七章

폐문(廢門)

하나의 조직을 와해시키는 것은 의외로 간단하다.

사람을 죽이면 된다.

간단한 법칙

인간은 존엄하다고 한다.

사실 그 말은 틀렸다.

인간은 그리 존엄하지 않다.

인간도 결국 자연에 속한 존재이고, 자연의 입장에서 인간
이나 개미나 다를 바가 없다.

의원으로서 오랜 시간을 살아왔던 장호는 그 사실을 안다.

인간은 조금도 존엄하지 않다. 어쩌면 짐승보다 못한 것이
인간일 수도 있었다.

때문에 장호의 손속은 아주 빠르고 잔혹하게 생명을 끊어

놓았다.

카카카카칵!

두툼한 도가 사방에서 그의 몸을 때린다.

하지만 그는 조금도 신경 쓰지 않았다.

옷이 찢기고 베이고 있지만 그런 것 따위는 아무래도 좋았다.

몸에 생채기 하나 나지 않았고 아픔도 느끼지 않는다.

그렇기에 그는 빠르게 전면으로 쇄도해서 손을 들어 뻗어냈다.

푸욱.

쇠만큼이나 단단한 그의 손가락은 아주 간단하게 어느 무인의 목을 뚫어버렸다.

손가락과 손톱 사이에 살점과 피가 묻어서 더럽혀 졌지만 그런 것에 신경 쓰지 않았다.

빙글.

그대로 목을 찌른 오른손을 뒤집어 목이 뚫린 이의 만도를 빼앗는다.

그리고 좌측에서 그의 어깨를 내려치려는 만도를 향해 왼손을 뻗어냈다.

콱!

손잡이를 잡고 있는 적의 손을 잡는 그의 손은 그대로 악력을 발휘했다.

"으아아악!"

손뼈가 으스러지면서 그의 손에서 핏물이 흘러나왔다.

상대가 만도를 놓았고 장호는 피로 얼룩진 만도를 잡았다.

그의 쌍수에 두 자루의 만도가 쥐어졌다.

"약하구나, 약해!"

장호의 좌우쌍수가 양옆으로 호선을 그리며 휘둘러졌다.
만도의 공격에 등갑이 우그러지면서 갈라졌다.

단번에 잘려 나가지는 않았지만, 일격에 방패가 제구실을
하지 못하게 된 것이다.

그 사이로 장호가 몸을 빙글 회전하면서 도를 휘둘렀다.

스칵! 스칵!

무인 두 명의 목이 달아났다.

피가 사방으로 분수처럼 쏟아져 내린다.

그 혈우(血雨)를 뒤집어쓴 장호는 그대로 돌진하여 방패를
든 이를 들이받았다.

쾅!

방패째로 사람이 날아간다. 그 사이에 난 틈으로 들어간 장
호가 비호가 되어 덮쳤다.

칼이 춤을 추면 방패를 들지 않은 이는 목이 달아나고 팔다
리가 잘려 나갔다.

그야말로 지옥에서 튀어나온 흉신악살의 모습이었기에 모두가 경악하여 그 모습을 바라보았다.

"아, 암기를 써라! 어서!"

오독문에도 사천당문처럼 강력한 암기가 있었다.

개중에는 화약을 사용하여 종래의 암기보다 더 강력한 것도 있었다.

그중 하나인 폭우독린통은 한 번에 삼십 발의 정련금철을 쏠 수 있었다.

호신기를 두른 외공의 고수를 벌집으로 만드는 위력을 가지고 있었고 독 역시 극독이 발려 있다.

콰콰쾅!

폭우독린통이 폭발하며 암기를 쏟아낸다. 장호는 그럼에도 불구하고 피하지 않았다.

피하자면 피할 수도 있었고 막자면 못 막을 것도 없었다.

하지만 가만히 섰다.

콰쾅!

그의 몸에서 폭음이 인다. 폭우독린의 암기가 그의 몸을 두드리면서 난 소음이다.

그러나 옷은 걸레짝이 되었지만 그는 상처 하나 없는 상태였다.

"저, 저럴 수가……."

모두가 아연해졌다.

폭우독린의 위력을 모두가 아는 까닭이다.

외공의 고수라도 저것에는 견디지 못하는데 저자는 아무런 피해도 입지 않았으니 놀라지 않을 수 있으랴?

"나는 강기가 아니면 해를 입지 않는 경지에 이르렀지. 화경에는 이르지 못했지만 화경에 이른 자가 아니면 나를 상대할 수 없다. 꿇어라! 그리고 오독문주, 네가 나에게 무릎으로 걸어와 절을 한다면 내 원한을 갚은 걸로 치겠다."

장호의 말에 모두의 표정이 일그러졌다.

이는 무인의 자존심을 건드리는 것이기 때문이다.

사파는 정파와 다르다.

배신이 판을 치고, 어떤 나쁜 짓도 서슴지 않았다.

그러나 그들도 결국 강호인이다. 강호인은 정파인이든 사파인이든 한 가지를 목숨보다 더 중하게 여겼다.

바로 자존심이다.

그게 꺾인 자는 강호인이 아니다.

강호인의 가장 미련스러운 심성일 테지만 그것이 그들의 가장 중요한 자아인 것도 분명했다.

그런데 장호는 그런 오독문도의 자존심을 흙발로 짓이겼다.

그리고 모욕했다.

그렇기에 모두가 분노하기 시작한 것이다.

하지만 그렇다고 해서 무엇이 바뀔 것인가?

분노와 능력은 별개이다.

오독문은 오늘 죽음을 택하든가 명예를 버리든가 둘 중 하나를 선택해야만 했다.

"그리고 앞으로 이십 년간 봉문하겠다고 약조해야 한다."

"닥쳐랏!"

후우욱!

오독문주가 나섰다.

그의 전신에 검은 독기가 뭉클뭉클 솟구쳐 오른다. 장호의 눈이 반짝였다.

저것은 말로만 듣던 오독문의 신공절학급 무공인 오독연기공이 분명했다.

검은 독기가 다섯 가지 색으로 변화하기 시작했고, 허공에서 뭉쳐지기 시작했기 때문이다.

다섯 개의 구슬이 된 독기는 그대로 번개처럼 장호를 향해 쏘아져 왔다.

장호도 그걸 보면서 선천의선강기를 끌어 올리고 있었고, 그 공격을 그대로 몸으로 받아내 버렸다.

콰쾅!

독기가 폭발했다.

그리고 장호는 자신의 몸 안으로 파고들어 온 강렬한 다섯 가지 독기를 느낄 수 있었다.

그것은 장호의 체내에서 상생상극의 원리로 서로를 자극하고 독기를 더더욱 크게 키우려고 했다.

하지만 장호의 선천의선강기가 마치 탐욕스러운 괴물처럼 그 독기를 집어삼키는 것이 아닌가?

또한 그의 육신 역시 독을 그대로 흡수하여 몸 자체가 아주 빠르게 변화하는 것을 느낄 수 있었다.

이윽고 독기가 가셨다.

그리고 장호는 멀쩡한 모습으로 서 있었다.

"어, 어찌……."

"하하하하하. 나는 만독불침이다. 그러니 너희는 내 상대가 못 된단 말이다!"

콰앙!

장호의 신형이 바람처럼 움직였다.

얼이 빠져 있던 오독문주가 뒤늦게 반응했을 때에는 이미 장호가 그의 면전에 다다르고 있었다.

펑! 퍼퍼펑!

장호의 두 개의 만도가 춤을 춘다.

그의 만도를 오독문주는 두 개의 금속 채찍을 휘두르면서 사력을 다해서 막았다.

교룡의 가죽과 금강석을 섞어 만들었다는 신병이기 독린
금강편이었다.

확실히 대단한 무기라서 그런지 만도의 날이 빠르게 깨져
나갔다.

하지만.

그런 거야 장호에게는 별문제가 아니다.

장호는 만도를 마구 휘두르다가 어떤 순간이 왔을 때 내력
을 폭발시켰다.

콰창창창창!

만도의 파편이 사방으로 비산한다.

그것은 장호를 덮치기도 했지만 오독문주를 덮치기도 했
다.

"크아아악!"

장호의 몸에 적중된 파편은 힘을 잃고 떨어져 내렸다.

하지만 오독문주는 전신이 벌집이 된 것처럼 피를 흘리며
나가떨어졌다.

그런 그를 향해 장호는 냅다 한 자루 남은 만도를 집어 던
졌다.

쐐에에엑!

"크어억."

만도는 그대로 심장을 깊숙이 찌르며 그를 땅에 고정해 버

렸다.

실로 빠르고 잔혹한 손속이었다.

그리고 오독문주의 조금은 허망하다고 할 수 있는 최후였다.

"자, 덤벼라! 오독문의 문인들아! 나에게 무릎을 꿇고 사죄하여 굴종할 것이 아니라면, 혹은 도망자가 되어 비겁자 소리가 듣기 싫다면. 나에게 목숨을 바쳐라!"

쩌렁!

장호의 목소리가 사방에 울려 퍼졌다.

                    *   *   *

"오독문이 봉문했다고 하셨나요?"

"그래."

오독문 봉문!

그 소식은 천하를 강타했다.

오독문은 정식으로 의선문주 장호와 분쟁이 있었으며, 그 결과 오 년간 봉문하기로 했다고 선언했다.

봉문한 문파는 아무런 활동도 하지 못한다.

만약 봉문한다는 말을 번복한다면, 천하인의 비웃음을 살 뿐만 아니라 그 어떤 이도 이 오독문을 존중하지 않기 때문이다.

그렇게 되면 정말로 멸문당하고 만다.

오독문이라는 이유 하나만으로 공격받고 멸시받으며, 무시받기 때문이다.

자존심에 생명까지 거는 강호인의 특성상 이런 봉문을 번복한다는 것은 강호인으로서 자살하겠다는 의미밖에 되지 않는다.

"장 대협이 꽤 잘해주고 계시는군요."

"장호는 확실히 뛰어나. 하지만 네가 그렇게 크게 평가하는 이유를 모르겠어."

"그는⋯ 천재예요. 저와는 다른 의미의 천재."

하얀 우유 같은 살결에 촉촉한 분홍빛 입술이 매달려 달싹거린다.

그 눈은 넘쳐나는 지성으로 반짝이고 그 눈매는 뭇 남성의 마음을 빼앗을 정도로 대단하다.

제갈세가의 보옥.

제갈화린.

오음절맥에 걸려 생사를 다투던 그녀는 지금 만개한 꽃처럼 화사한 아름다움과 생동감을 가지고 있었다.

그런 그녀의 앞에는 그녀보다 나이가 더 많아 보이는, 그리고 꽤나 닮은 미녀가 앉아 있었다.

제갈소여.

제갈화린의 친언니. 그리고 장호와 제법 친분을 다진 여인.

"천재라… 네 나이에 화경에 이른 고수는 없다고 알고 있어. 그런데도 너보다 그가 더 천재란 말이야?"

"예, 언니. 그는… 화경은 아니겠지만 이미 화경의 절대고수를 참살할 능력을 갖추고 있을 테니까요."

마치 모든 것을 꿰뚫어 보는 것처럼 그녀는 단언한다.

그리고 그런 그녀의 말에 제갈소여는 의문스러운 눈빛이 되었다.

"어떻게?"

"선천의선강기는… 확실히 뛰어난 무공이니까요. 본가의 무공총람에 의하면 내공이 삼 갑자에 이르는 순간 검기 정도로는 아무런 해도 끼칠 수 없다고 하더군요. 그리고… 그는 현명하죠. 외공을 따로 수련한다면 적어도 그를 죽일 수 있는 이가 이 강호에 스물도 채 되지 않을 거예요."

"진짜?"

"예."

장호가 들었다면, 소름이 돋아나며 두려운 눈으로 제갈화린을 보았을 것이다.

그만큼 그녀는 장호에 대해서 너무나도 자세히 알고 있

었다.

"그런가. 하기는⋯ 확실히 그 녀석, 뛰어나기는 했어."

"언니는 그가 좋은 건가요?"

"엑? 무슨 소리야. 그런 거 아냐."

제갈소여가 얼굴을 붉힌다.

그런 제갈소여의 모습에 제갈화린은 쿡쿡 웃어 보인다.

"그가 오독문을 봉문했으니 저쪽도 이제 슬슬 움직일 거예요."

"그 집단 말이니?"

"예, 언니."

"그래. 그러면 내가 뭘 하면 되지?"

"그를 불러다 주세요. 저는 일을 꾸미고 그가 크게 날뛰어 주면⋯ 이무기를 낚을 수 있을 거예요."

제갈화린의 눈동자가 요요하게 빛을 발하고 있었다.

*　　*　　*

흑사칠문, 그리고 무림맹에 속한 거대 문파들.

그들 모두 오독문의 봉문 소식을 들었다.

오 년이면 그리 긴 시간은 아니지만 봉문했다는 사실 자체가 놀라운 일이다.

또한 그 일의 주체가 바로 새로운 신흥강문인 산서 의선문의 문주인 생사판 장호라는 것, 그리고 그가 홀로 해낸 일이라는 것은 세상을 깜짝 놀라게 만들었다.

그럴 수밖에 없다.

일인이 문파 하나를 봉문시키다니?

그 말은 그 사람이 어마어마한 절대고수라는 의미가 아니겠는가?

의선문이 산서성을 장악한 것은 세상의 거대 문파라면 대부분 아는 사실이다.

다만 그것은 무력적인 장악이라기보다는 일종의 상업적인 장악이었고, 때문에 강호 문파들은 의선문을 크게 쳐주지 않았다.

그러나 장호의 행동이 알려지자 많은 문파가 의선문에 대해서 자세히 조사하기 시작했다.

그중 가장 많은 정보를 얻은 곳이 있었으니… 바로 개방이었다.

"허허, 그 영특한 애송이가 이 정도로 문파를 키웠어?"

개방 방주 구지신개.

천하십존에 오른 지 이미 오랜 시간이 지난 고수 중의 고수가 바로 그이다.

그는 산서성의 성도에 위치한 개방 분타에 앉아 있는 중이었다.

토굴을 파고 만든 거지들의 보금자리.

그곳의 한쪽에는 그나마 상석이랍시고 개의 가죽이 깔개로 깔려 있다.

그 위에 올라앉은 구지신개는 개의 넓적다리 구이를 뜯어먹으며 서신을 바라보고 있었다.

"오래전부터 본 방에서 주시하고 있었긴 합니다만… 확실히 장 문주는 보통이 아닙니다."

"흐음. 확실히 보통은 아니지. 이놈이 산서성의 사람들을 먹여 살리고 있을 정도구먼?"

서신에 주욱 나열된 사실들을 빠르게 읽어 내린 구지신개의 손이 흔들린다.

그러자 서신이 곱게 두루마리로 접혀져 한곳으로 날아갔다.

절묘한 수법!

"쩝쩝, 산서성은 거의 지상낙원이구먼. 다른 곳과는 완전 달라. 어째서냐?"

"도찰어사라는 신분이 큰 방패가 되어주고 있습니다. 흑점주를 구출해 주었고, 때문에 황녀를 배경으로 둘 수 있게 되었기에 그를 적대할 수 있는 관인이 산서성에는 없습니다. 기껏해야 절도사 정도만이 그를 내리누를 수 있었지만, 지금에 와서는 절도사도 그를 어쩌지 못합니다."

"왜지?"

"이미 그가 많은 뇌물을 뿌려두었습니다."

"노강환과 영약들이지?"

"예."

"확실히 수완이 좋아. 관인들을 힘으로 누르면서도, 한편으로는 뇌물을 주어 포섭한다라. 어차피 관인의 특성상 하급자들은 반발을 하지 못하지."

"덕분에 산서성에는 현재 부정부패가 아예 근절되었습니다. 상급자들은 의선문으로부터 과거보다 더 풍족하게 돈을 받고 있기에 만족 중이고, 하급자들은 불만이 팽배하지만 섣부르게 움직일 수 없는 상태입니다. 그뿐이 아닙니다."

"그러면?"

"의선문은 관의 하급자들을 자기 사람들로 갈아치우고 있습니다. 예를 들어… 산서성 노서현의 포두로 있던 산곽이라는 이가 그런 경우입니다."

"산곽이 왜?"

"산곽은 평소 악행이 자자한 포두였는데… 어느 날 시체로 발견되었습니다."

"알겠군. 그 자리에는 새로운 포졸이 포두로 올라갔겠지?"

"예. 그리고 그 포두가 된 이는 의선문이 손을 쓴 이입니다."

"흐음. 절묘하군… 이놈이 반역을 일으키려고 한다고 할 정도로 솜씨가 좋아."

"다만 공공연한 비밀처럼 드러내 놓고 행하고 있어, 반역의 혐의는 비켜 가는 듯합니다. 또한… 그의 무위 때문에 관부에서도 섣부르게 건드리려고 하지 않는 모양입니다."

"우리도 모르는 무위를 관부 놈들이 어떻게 알았나?"

"흑점주의 구출 때 알려진 모양입니다."

"과연……."

우걱우걱.

감탄한 구지신개는 개의 넓적다리에 매달린 살점을 모두 씹어 삼켰다.

"좋군. 산서성은 이 녀석에게 맡겨두어도 되겠어."

"본 방은 손을 뗍니까?"

"내버려 두면 산서성에서만큼은 우리보다도 더 견고한 정보망을 구축할 것이 분명해 보이니 손을 떼도록. 그 빌어먹을 놈들이 대체 어디 숨었는지가 더 중요… 아니지, 잠깐."

구지신개는 뼈다귀를 빨다가 말을 멈춘다.

"운남성이다."

"예?"

"운남성에 놈들이 있다. 생각해 보면… 그래, 의선문의 애송이가 왜 운남성에 가서 오독문을 박살 냈지?"

"그건… 수련 차… 아니, 그렇군요. 그게 표면상의 정보인 거군요."

"그래. 그 애송이 놈은 벌써 '그놈들'과 붙었어. 원한은 이미 쌓일 대로 쌓였지. 그리고 어떤 단서를 가지고 있었다면?"

"그래서 오독문으로 갔고… 거기서 처리한 거군요. 그렇습니다. 그러면 아귀가 딱 맞아떨어집니다."

"조사해. 오독문 근처를 다 뒤져! 생각해 보면… 후지기수들을 습격한 사건도 이와 연관이 있겠어."

"존명."

개방이 움직인다.

그들은 확실히 강호의 흑막을 향해 나아가고 있었다.

第八章

의원은 머리 나쁘면 못 한다

의학은 아주 깊이가 깊다.
배워야 하는 것이 많고,
외워야 하는 것도 많다.
때문에 머리가 나빠서야 의원이 될 수 없다.

의원

"오호… 오독문의 무공들, 확실히 좋은데……"

장호는 오독문에 있는 의서와 무공 비급을 모조리 약탈했다.

그건 승자로서의 당연한 권리였고, 때문에 오독문의 문인들은 반항할 수가 없었다.

아예 멸문시키지 않은 것만 해도 어디인가?

장호는 덕분에 수백 권에 달하는 무공 비급을 얻을 수 있었다.

오독문은 독공이 제일 일품이지만, 그 외에도 여러 가지 절정급의 무공을 가지고 있었다.

오독문의 무공서를 관리하는 장서각주의 말에 의하면 오독문이 보유한 절정무공은 무려 백스무 가지나 된다.

상승절학의 경우는 서른다섯 가지고, 신공절학은 여섯 개를 가지고 있었다.

신공절학의 경우에는 비급을 본다고 해도 제대로 알아보기 어렵게 되어 있어 문외불출의 경우를 대비했지만 그 외의 무공은 전부 보기 편하게 되어 있었다.

장호로서는 그 어떤 것보다도 뛰어난 소득이라고 할 만했다.

역시 역사와 전통에 빛나는 명문 대파.

한번 터니까 엄청난 양의 대가를 얻었다!

그뿐이 아니다.

금마전장을 통해서 금자 삼만 냥을 즉시 받아 챙겼고, 운남성의 여러 특산품을 매년마다 조공으로 받기로 했다.

그야말로 억 소리가 나오는 수준의 대우!

하지만 역시 승자의 권리였다.

사실 장호는 그런 대우보다도 무공서를 얻은 것이 가장 기뻤다.

특히 상승절학급의 무공서 중에는 장호로서도 쓸 만한 것이 아주 많았다.

암탄공도 쓸만한 지공이지만, 그보다 더 위력적인 지공도 있었기 때문이다.

독마지(毒魔指)라는 무공은 손가락에 특별한 독력을 깃들게 하는 무공으로, 일단 손가락이 강철도 찢어버릴 정도로 단단해진다.

그리고 스치기만 해도 절명하는 독기를 가져 그 살상력이 어마어마했다.

독피철골기공이라는, 몸을 금강불괴 비슷하게 만들고 몸에 독기가 서리게 하여 공격자를 중독시키는 무공도 있었다.

전부 독에 관련된 무공으로 장호로서는 몹시 기꺼운 것들이었다.

무공 비급이 잔뜩 실린 마차를 탄 장호는 거룡에게 알아서 길을 가게 만들었다. 그리고 자신은 하루 종일 무공 비급을 탐독했다.

자연스레 무공의 이론이 머릿속에 착착 쌓일 수밖에 없었다.

오독문을 털어 얻은 무공 비급을 통해 얻은 무공 이론들은 장호가 평생 수련해 온 무공 이론보다도 많은 것이었다.

한마디로 개안했다고 할까?

또한 그것은 장호의 안에서 많은 것을 바꾸는 계기가 되었다.

의학 지식을 어마어마하게 쌓은 장호다.

그러다 보니 무공서의 무공 이론들을 의학적 측면에서 이해가 가능했던 것.

그것은 장호에게 새로운 세상을 열어주었다.

강호사를 통털어서 장호만큼 많은 의학 지식과 무공 지식을 알고 있는 이는 아마도 거의 없을 정도였기에 일어난 일이었다.

이 지식들을 이용하면 장호는 어느 명문 대파 못지않은 전력을 손에 넣을 수 있었다.

지금도 장호의 휘하 무인들은 열심히 노력하면 어떻게든 절정고수가 될 수 있다.

그러나 그건 전부 약빨이다.

무공이 정교하다기보다는 약을 많이 먹고 제대로 흡수하여 내공을 높여서 얻는 경지였다.

그러나 지금 이 무공 이론들을 손에 넣음으로써, 장호는 단지 칠 년 정도의 시간 안에 절정고수를 만들어낼 수 있는 방법을 손에 넣었다!

만약 대상이 피를 토하는 노력을 동반하면 그 시간은 무려 사 년으로 줄어들 수 있을 정도!

현재 장호의 휘하에 무려 삼천오백여 명에 달하는 무인이 있다.

그들이 전부 절정고수가 된다면?

강호 전복도 어려운 일이 아닐 것이다.

게다가 의선문의 무인은 전부 다인전을 염두에 둔 훈련을 받는 준군사조직이나 마찬가지다.

방패술과 창술, 그리고 궁술도 같이 배우고 있는 그들의 전투수행능력은 십만대군을 능가한다고 해도 과언이 아니었다.

그들 전원이 절정고수가 된다면 어떨까?

장호 혼자서도 황밀교를 전원 박살 내는 것이 어렵지 않다.

장호는 그런 가능성을 보고 크게 흥분하였다.

"이거 참, 전생을 했다고 해서 이렇게 일이 잘 풀릴 줄은 몰랐는데."

장호는 자신의 상상이 충분히 현실성이 있음을 알고 있었다.

다만… 황밀교의 전력이 어느 정도인가?

그게 문제일 뿐이다.

전생에서도 황밀교의 전력이 얼마인지는 밝혀진 바가 없었다.

다만 그들은 단번에 강북의 명문 대파 여섯 개를 쓸어버리면서 등장했었다.

일단 섬서성의 문파가 쓸렸다.

곤륜, 화산, 종남.

그리고 사천성의 문파가 사라졌다.

당문, 아미, 점창.

이들 육대문파가 사라지고 흑사칠문이 같이 준동하자 강호는 순식간에 혼란에 빠질 수밖에 없다.

그들 육대문파가 어떻게 사라졌는지는 장호도 아는 바가 없다.

하지만… 그들 명문 대파에는 분명 원로 고수들이 있었다.

명가의 저력이라고 불리는 자들.

그들은 장호로서도 쉽사리 이길 수 있는 존재가 아니었다.

오독문도 현재 그런 원로 고수들이 황밀교로 빠졌기에 봉문당한 것이나 다름이 없었다.

특히 황밀교의 장로가 된 사마공.

사인주의 아버지.

그가 있었다면… 아마도 전황은 달랐을 터.

하기사, 그는 검치 선우생을 믿었을 것이다.

하지만 선우생도 너무 방심했다.

장호의 외공을 너무 얕보았기에 초절정의 끝자락에 불과한 장호에게 목숨을 잃은 것이다.

또한 그는 전략도 잘못 택했다.

비록 수하들을 희생시키더라도, 다수의 수하를 밀어 넣어 장호의 정신을 혼란케 했다면 장호로서는 목숨을 내놓아야 했을 테니까.

즉 그는 여러 가지 실수를 했고, 그 결과 죽었다.

그리고 오독문도 폐문당하고 말았다.

사마공은 분명 이를 갈고 있을 터.

그렇다면 그가 자신을 원수로 여기고 공격해 오는 것도 생각해 볼 수 있다.

"흐음… 잘하면 사마공까지 처리할 수도 있겠는데……."

전설의 무형지독이 아니라면, 상성상 장호는 사마공을 쉽게 이길 수 있을 것이다.

그렇다면… 이 기회에 사마공을 불러내어 죽일 경우 황밀교에 꽤나 심대한 타격을 입힐 수가 있을 것이다.

그렇다면 어떻게 될까?

미래를 여는 것이 더 쉬워질 것이다.

그러자면…….

"좋아. 제갈세가로 가볼까."

이런 일을 잘 꾸미는 것은 역시 제갈세가다. 장호는 그리로 향하기로 했다.

그리고 일부러 자신의 흔적을 남기기로 했다.

*　　　*　　　*

신의 강림.

장호는 아주 허황되다고 볼 수 있는 화려한 금포에 멋지게 붓으로 글자를 쓴 깃발을 내걸고서 마차를 몰았다.

마차도 오독문에서 가져온 거라 화려하기 그지없었기에 금포 깃발이 아주 잘 어울렸다.

장호 스스로도 호화스러운 새하얀 의원복을 입었기에 촌의 무지렁이가 본다면 대단한 의원처럼 보일 것이었다.

거기다가 장호는 그럴싸하게 하기 위해서 낭인도 고용했다.

낭인회는 어디든지 있다.

그리고 낭인회에 돈을 제법 쓰면 신용이 확실한 이들을 소개시켜 준다.

장호는 무력이 약해도 상관없었다.

대신 신용이 가장 높은 이들만 뽑았다.

신용이 높다고 해서 반드시 약속을 지키는 것은 아니지만, 그래도 다른 이들보다는 나았다.

그런 낭인을 스무 명이나 뽑았고, 그들로 하여금 마차를 호위하게 하였다.

마차 안쪽에는 무공 비급이 있으므로 내부를 공개한 것은 아니다.

애초에 무공 비급이 있다는 언급도 하지 않았다.

여하튼 그렇게 스무 명의 낭인에게 번듯한 옷을 사주고, 제법 말쑥하게 꾸미기까지 했다.

그렇게 한 장호가 한 일이 무엇일까?

"줄을 서시오!"

무료로 사람들을 치료해 준다.

장호는 의선문의 문주였고, 의술은 강호제일이라고 할 만했다.

또한 내단을 형성하여 엄청난 속도로 내공을 모을 수가 있었다.

기공 치료술 하나만으로도 어지간한 중병은 단번에 치료가 가능한 것이 장호였다.

시간이 문제이지 하루에 백 명도 넘게 치료가 가능했다.

"신의님, 이 작은 촌락에 더 이상 환자는 없습니다."

낭인이 마치 연극배우 같은 어조로 말한다.

매우 어색했지만, 장호는 내색치 않았다. 어차피 보여주기 위해서였기 때문이다.

여기는 두음촌이라는 작은 마을.

인구 삼백여 명이 겨우 있는 마을로서, 장호는 이곳에 도착하여 무료로 의술을 펼쳤다.

이유는 두 개다.

명성 확보, 흔적 남기기.

의선문의 이름 아래에 환자를 싸그리 고친다. 그러면 의선
문에 대한 명성이 엄청나게 퍼지게 된다.

무료로 의술을 행하는 것은 명성 확보에 아주 그만이다.

흔적 남기는 데에도 아주 유용하다.

대놓고 거리를 활보하는데 장호가 여기에 있는지 모를 수
가 있겠는가?

"그런가? 그러면 그만 가도록 하지."

장호의 선언에 촌락의 주민들이 나와서 절을 하였다.

장호는 적당히 덕담을 해주고는 마차에 올랐고, 이내 마차
가 다시 출발했다.

장호의 의선행은 한동안 계속될 것이다.

*　　　*　　　*

신의 출현.

이 소문은 다시금 강호를 강타했다.

장호가 의선문의 문주이며, 그가 오독문을 봉문해 버렸다
는 것은 이미 널리 알려진 사실이다.

어지간한 정보력을 갖춘 문파는 그런 사실을 잘 알았다.

그런데.

그런 장호가 남부 지방에서 북상하며 신의로서 명성을 떨친다는 사실이 강호에 엄청나게 퍼져 버렸다.

이유는 두 가지다.

첫째, 장호가 하오문을 통해서 동네방네 소문을 낸 탓이다.

둘째, 장호가 하는 행동을 강호의 세력가들이 예의 주시하고 있었다.

그런 두 가지 상황 때문에 더더욱 강호에서 장호의 행동이 회자될 수밖에 없는 것이다.

장호의 행동은 확실히 독특했다.

산서성을 완전히 장악한 방법도 무척이나 독특했지만, 마침내 드러난 의선문의 세력도 어마어마했다.

실제적인 무력 투사가 가능한 무인의 수가 이제는 무려 사천여 명이 넘는다.

게다가 의선문은 준영약을 계속 공급하여 밑바닥 수준이었던 무인들의 내공 수준을 급증시키고, 그들에게 절정무학에 속하는 내공심법을 개량하여 전수하였다.

그뿐인가?

군문 출신의 낭인, 혹은 군문 출신이었으나 낙향하여 쇄락한 생활을 하는 이들을 중점으로 모아들였다.

때문에 그 조직력은 여타 문파들보다도 훨씬 강력하고 뛰어났다.

문파원의 사 할이 군문 출신이었고, 나머지 육 할은 낭인 출신이거나 구파일방의 속가 제자의 가문 출신이다.

군문 출신은 그 특성상 서로 뭉치는 경향이 강했고, 그러다 보니 사 할의 군문 출신이 흩어진 나머지 육 할 문파원을 압도하는 거대 파벌이 되었다.

결국 군문 특유의 문화가 의선문 전체로 확산되며 의선문 자체가 강한 결속력을 가지게 된 것이다.

또한 의선문도들은 스스로를 의가의 수호 전투부대라는 사상을 가지고 있었다.

이는 강호 문파들이 보편적으로 가지는 무인으로서의 가치관과는 상이한 것이다.

승리를 위해서 집단전은 당연하다는 것이 의선문도들의 풍조였다.

무인으로서의 어떤 관념이나 명예를 그리 생각하지 않는다.

집단과 체제의 영광이 곧 그들의 것이다.

그런 관념을 갖게 된 것이다.

이는 강호 문파가 하나의 군벌 세력화되었다는 것을 의미한다.

이는 강호인들에게 몹시 이질적이면서도 또한 위협적이었다.

군문 출신들은 이른바 군사작전의 전문가이며, 집단 전투의 대가가 아닌가?

만약 그들과 문파로서 분쟁이 생긴다면 어떻게 될 것인가?

엄청난 피해를 입게 될 것이다.

게다가 의선문주 장호는 홀로 오독문을 봉문시킨 자.

이 업적만 보아도 무림에서 대고수의 반열에 들어도 될 정도의 존재였다.

그러니 엄청난 속도로 성장한 의선문을 알고자 하는 것은 당연한 수순이 아니겠는가?

그런 상황에서 신의 강림이라니?

의선문주는 대체 뭐 하는 작자인가 하는 시선이 모이는 것이 당연한 일이었다.

게다가 장호가 하고 있는 행동은 사실 명예욕을 중시하는 무인의 입장에서는 광대놀음이나 다름이 없었다.

비단 장포를 걸치고 다니면서 스스로 신의 강림이라고 말하고 다니다니? 이 무슨 비웃음 살 행동인가?

그러나 장호는 강호의 인식 따위는 아무래도 상관없다는 듯 행동했다.

그리고 그런 행동이 강호에서는 모르겠지만 민간에서는 엄청난 파장을 불러일으켰다.

정말로 장호가 신의라고 소문이 난 것이다.

하긴, 그럴 만도 하다.

장호의 행동이야 어떻든 간에 일단 의술 실력은 이 중원에서 최고라고 해도 과언이 아니었다.

약술, 침술, 뜸술, 추나술, 같은 여러 분류로 나누는 의술을 총망라한다면 확실히 황실 어의보다는 조금 떨어진다.

하지만 장호에게는 선천의선강기가 있고 이를 이용한 내가기공 치료술은 그 누구도 따라올 수가 없다.

의원 중에서도 무공을 익힌 이가 없는 것은 아니다.

하지만 선천의선강기는 치료 목적에 있어서는 신공절학을 뛰어넘는 공능을 가지고 있는 진기다.

속된 말로 죽은 지 반각도 안 된 이라면 선천의선강기를 불어넣어 되살릴 수 있다고 할 수 있을 정도였다.

중원 전체에서 세 손가락 안에 들어가는 의술 실력.

천하제일을 논할 수 있는 내가기공 치료술과 선천의선강기.

그렇다.

이 모든 것이 합쳐져 이제 장호는 중원제일신의가 된 것이다.

그리고 민간인들을 현혹하는 비단 장포와 금빛 깃발을 사용하여 사람들에게 자신의 존재를 널리 알린다.

신의 강림.

우스꽝스러운 모습이지만 효과는 대단했다.

게다가 하오문의 소문 전파 속도는 상상을 불허해서, 장호가 가는 곳에는 질병을 치료하고자 하는 이들로 인산인해를 이루게 될 정도였다.

그리고 이쯤에서 장호는 아주 과감한 한 가지 수를 더 썼다.

의선문의 정예 부대 천여 명을 불러들인 것이다.

*　　　*　　　*

"의선문에서 천여 명의 무인이 이동을 시작했다?"

"예, 그렇습니다."

"의선문주는 대체 무슨 의도지?"

"대외적으로는 천하만민의 질병을 치료하고자 의선문의 의원 백 명을 불러들이는데 그 호위를 위해서라고 합니다만……."

"의원이 백 명이나?"

의원.

보통의 질병을 치료하는 의원은 그 수가 제법 된다.

하지만… 그런 의원의 수를 무인의 수와 비교하면 터무니없이 적다.

개방에서 조사한 바에 따르면 이 중원에 의원이라는 이름을 걸고 활동하는 이의 수는 겨우 십만여 명도 되지 않는다.

무인들의 총합이 그보다 몇 배나 더 많은 것과 비교해서 너무나도 적은 숫자다.

왜 이렇게 되었을까?

의원이 고되면서도 꽤나 고급의 지식을 공부해야 하기 때문이다.

의원은 머리가 나쁘면 될 수 없다.

그런데 머리가 조금 좋은 이들의 경우, 사실 의원보다 강호인이 되기를 원하는 경우가 더 많았다.

이유는 별게 아니다.

이 중원은 치안이 그리 좋다고 볼 수 없었고, 걸핏하면 목숨이 위협당한다.

때문에 자기 스스로가 힘을 가지는 것을 더 선호할 수밖에 없다.

의원도 직업 중에서는 상당한 고급 인력이고 돈도 꽤 번다.

하지만 힘은 그리 없지 않던가?

물론 의원보다 강호인이 통계적으로 사망률이 더 높지만, 그런 것을 세세하게 신경 쓸 정도로 중원 사람들의 의식 수준이 높은 것은 아니었다.

여하튼 그런 이유로 의원의 수는 적다.

그리고 각 문파의 의원 보유 숫자도 그리 많다고 할 수 없었다.

명문 대파들도 오십여 명의 의원을 데리고 있으면 정말로 많이 데리고 있다고 할 수 있을 정도였다.

실제로 문파 중에서 가장 많은 의원이 속한 문파는 사천당문으로 그 수는 이제 겨우 백여 명 정도다.

의방을 운영하기 때문에 그나마 그 정도 수라도 유지하고 있다.

그다음으로는 제갈세가가 있다.

제갈세가도 의방 업계에 뛰어든 지 조금 되었는데, 이들이 칠십여 명을 보유하고 있다.

그러나.

장호의 의선문은 현재 의원수가 무려 팔백여 명에 달했다.

그것은 다른 문파들이 감히 따라올 수 없는 최대 규모!

산서성 전체의 의약 사업을 완전히 장악한 의선문의 힘의 근원에는 이렇게 어마어마하게 많은 수의 의원이 있었던 것이다!

게다가.

아직 강호의 다른 문파들은 모르고 있는 사실이지만, 이들 팔백여 명의 의선문 의원은 전부 무공을 익혔다.

바로 원접심공을 말이다.

선천의선강기에 비해서 꽤 떨어지는 내공심법이지만, 원접심공 역시 치료에 특화되어 있는 내공심법이다.

여기에 더해서 엄청난 양의 의서를 공급하고, 자체적으로 공부를 시키며 의술 수준을 향상시키니 현재 의선문의 의원 거의 대부분이 중급 의원이 되어 있었다.

의선문 기준으로 치면 철급 의원이라고 보면 된다.

금, 은, 철, 동.

이 네 가지 등급으로 의원의 능력을 평가하는 의선문이다 보니, 철급 의원이 되면 중원에서는 중급 의술을 가진 의원인 셈이다.

사실 중급만 되어도 어디가서 명의 소리를 들을 만하다.

은급은 흔히 상급의 의원을 뜻하고, 금급은 중원에서도 오십 위권 안에 들어갈 최상위권 명의를 뜻했다.

금급은 지금에 와서도 의선문에서 장호를 포함해 아직 세 명뿐이다.

그러나 철급의 의원이 엄청나게 증가했고, 은급의 의원도 꽤나 많아진 상태.

의선문이 강호제일의 의방이라는 것은 이제 의심할 수조차 없는 사실이 되었다.

물론 이게 아직은 대외적으로 알려지지 않았다.

중원은 너무 넓어서, 산서성에 일어나는 일에 대해서 실시간으로 모든 이가 바로 알게 되는 것이 아니다.

예를 들어 광동성에서 산서성의 정보를 알기 위해서는 사건 발생 즉시 정보를 송달했다 하더라도 최소 한 달의 기간이 걸리기 때문.

여하튼 그런 이유로 의선문에서 일백 명의 의원과 그들을 호위하기 위한 일천여 명의 무인이 출발했다는 것은 엄청난 파장을 일으켰다.

이것은 오독문의 봉문보다도 더 심각한 일이었던 것이다.

천하만민을 위한 의료 행위를 시작한다는 명분.

그런 의원들을 보호하기 위한 일천여 명의 무인.

그들이 움직이는 경로에 위치한 중소 규모의 문파들뿐만 아니라, 거대 문파도 바싹 긴장을 할 만한 일대사건이었다.

의선문의 무인들이 갑자기 습격하면 그들로서는 당해낼 수가 없기 때문이다.

거대 문파라면 이겨는 내겠지만, 피해가 엄청날 것이다.

게다가 의선문에 대한 소문과 정보는 무성하지만, 실제로 의선문이 전투를 치른 적이 거의 없었다.

과거 흑피문과 싸웠다지만 그 당시의 전투는 그다지 큰 규모가 아니었다.

여하튼 그런 이유로 중소 규모 문파들은 전전긍긍거리면

서 속으로만 불안해했다.

그 와중에 일천의 의선문 무인은 빠르게 장호가 있는 곳을 향해 남하했다.

그것도 전원이 말을 타고서.

"전원 말을 탔다고?"

"예."

"미친… 군대를 기르고 있는 건가?"

강호인들도 말을 탈 줄 안다.

그러나 말은 비싸다.

특히 전마는 엄청난 가격이다. 전마 하나 살 정도면 삼류 낭인 열 명을 일 년간 고용할 수 있을 정도.

즉 전마 일천 기면, 삼류 낭인 만 명을 고용할 정도의 돈이 들어간다.

그만큼 부자라는 건가?

저 의선문이?

"모, 모아라! 의선문에 대한 정보를 모아!"

"예!"

여러 문파는 의선문에 대해 더 자세히 알기 위해서 동분서 주하기 시작했다.

*　　*　　*

"장 대협……."

바둑.

이는 중원에 오랫동안 이어져 내려온 놀이이다.

치열한 두뇌 싸움을 벌이는 두뇌 격투기라고 해도 좋을 이 놀이는 오성에 자신있다고 하는 이들에게는 자신을 증명하는 측량 도구로서도 빛을 발했다.

그런 바둑을 내려다보는 아름다운 소녀가 한 명 있다.

제갈화린.

제갈세가의 장중보옥.

그녀는 기묘한 감정이 일렁거리는 눈빛으로 바둑판을 내려다본다.

바둑판에는 기괴하게도 황색, 백색, 흑색, 회색의 돌이 올라가 있었다.

사색 바둑.

이건 그 어디에도 없는 것.

그녀는 그런 바둑판을 가만히 내려다본다.

"의원은… 머리가 나쁘면 될 수 없다. 확실히 당신은 그리 말했었죠. 의원이기 때문인지… 확실히 저와 적들의 의표를 찌르시는군요. 무공을 익힌 일천의 궁기병, 그리고… 신의라는 명성. 혼수무어의 계책인가요? 아니면… 타초경사?"

그녀가 백색의 돌을 하나 집어 들었다.

"그렇다면… 저는 저 나름대로 당신을 돕겠습니다."

따악.

그녀의 손가락이 백색 돌을 바둑판 위에 올린다.

第九章

어떤 생각을 하고 있냐고?

타인의 생각을 이해할 필요는 없다.
네가 살아가는 데 도움이 되기는 하지만,
절대적으로 필요한 것은 아니다.

독선, 그 편리함과 위험성

의원귀환

"문주님의 부름을 받아, 선외단 일천, 대령했나이다!"

"의선천하 만민구제!"

쳐억!

일천의 무인이 장호의 앞에 도열하여 무릎을 꿇고 포권한
다.

강호 문파에서 수하가 문주에게 흔히 바치는 예법이다.

일천의 무인이 일제히 말에서 내려 행하는 그 모습에는 장
엄함이 있었다.

산서성에서 출발하여 두 개의 성을 지나서 장호 앞에 도열

한 이들.

그들의 모습은 확실히 대단한 것이었다.

장호가 부른 일천의 무인이 도착했다.

물론, 일백의 의원도 같이 도착했다.

이 의원들의 태생은 평범한 사람이었다.

그러나 지금에 와서는 정식으로 원접심공을 익히고 제일 먼저 인간 연단로에서 만들어진 준영약을 지급받아 과거와는 달라져 있었다.

일단 체력면에서는 적어도 이류급 무인의 최하위권에 들어갈 정도가 되었다. 그리고 근력과 오감은 이류급 무인 중에서도 중급 이상이다.

전투 경험은 아예 없고, 내공 심법과 간단한 외공만 익혔다.

하지만 이것만으로도 일반인보다는 훨씬 강한 이들이었다.

물론 그런 능력 덕분에 의술에 있어서는 엄청난 수준으로 진일보하게 된다.

일단 침술과 진맥은 감각이 활성화되어 있지 않으면 숙달하기가 상당히 힘들다.

그런 면에서 크게 보정을 받은 셈이니, 이들의 의술이 쑥쑥 느는 것은 당연.

은급 의원이 되지는 못하더라도―은급 의원은 적어도 백 권의 의서를 통달해야 하며, 진료한 환자의 수가 삼백여 명은 넘어야 했다―철급 의원이 되기에는 충분한 능력을 가진 이들이었다.

　게다가.

　의선문은 기공 치료술을 주력으로 하고 있기 때문에―이 역시 이유가 있다. 하층민에게는 치료비를 거의 받지 않는데, 그런 하층민에게 약재를 소모하게 되면 재정 적자를 면할 수 없기에 약재가 아닌 기공 치료술을 주력으로 하게 된 것이다―내공이 충만해야만 했다.

　이들 의선문의 의원들은 기타 무공보다도 원접심공만 중점적으로 익혔다.

　거기에 더해 영약을 제공받아서 전원이 이십 년 공력을 가진 이들이었다.

　"여기까지 오느라 수고했소."

　의선천하, 만민구제.

　이는 장호가 의선문을 바로 세우면서부터 내세운 구호이다.

　의선문의 본분은 의술이며, 이를 통해서 만민을 구제한다는 뜻이 담겨져 있다.

　호남성 동정호 장사.

이곳은 호남성의 성도이며, 동시에 중원 최대 크기의 호수인 동정호와 닿아 있는 항구 도시이기도 하다.

그런 장사의 성벽 안에는 상류층들이 살아가는 도심이 있고, 그 밖으로는 하층민들이 살아가는 마을이 있었다.

그런 외곽 마을 중 하나에서 자리를 잡고 사람을 치료하던 장호의 앞에 나타난 이 무리는 그야말로 대단한 볼거리였다.

이미 장사성에서도 사람들이 나와서는 구경을 하는 중이었을 정도다.

"내 이미 장사성의 지부대인께 자리를 마련해 달라 하였으니, 우선은 그쪽으로 옮기도록 하시오."

"명을 받드옵니다!"

일천의 무인은 그렇게 장호를 따랐다.

* * *

"연극 소품이 갖추어졌으니… 슬슬 한바탕해 볼까."

야심한 시각.

장호는 중원 전도를 펼쳐 놓고 보고 있었다.

본래는 의선행을 하면서 제갈세가까지 갈 생각이었다.

우선 황밀교의 시선을 모으고, 제갈세가에 도착하면 그걸 이용해서 제갈세가의 조력을 받아 황밀교에 타격을 줄 속셈이었던 것.

그러나.

장호는 의선행을 하다가 생각을 바꾸었다.

바로…….

직접 흑사칠문을 처단할 생각을 하게 된 것이다.

운남 오독문은 확실히 강했다. 그러나 장호를 막을 수 있는 절대고수의 수가 부족했다.

그것은 무엇을 의미하는가?

어쩌면 절대고수가 황밀교의 일을 돕고자 차출당했을 공산이 크다는 것이다.

그리고 정황상 그것은 오독문만의 일은 아닐 것이다.

그렇다면 지금 장호가 흑사칠문 중 두세 군데를 더 무너뜨려도 상관이 없으리라.

장호가 전면에 서고 의선문의 문도들이 뒤를 받쳐 준다면 오독문처럼 봉문 수준이 아니라 아예 멸문시킬 수도 있으리라.

흑무곡, 살검문, 오독문, 시령각.

이렇게 네 개 문파는 사실상 황밀교의 수족이나 다름없는 곳이다.

해사방, 혈도파, 요화궁은 이후에 황밀교의 난이 어느 정도 진행되고 나서야 황밀교와 연수를 한다.

사실상 나중에는 흑사칠문 전체가 다 적이 된다.

하지만 그나마 해사방과 혈도파, 그리고 요화궁은 적극적으로 황밀교와 연합하는 자들이 아니라는 점이 조금 다르다.

그렇다면.

일단 오독문을 봉문시켰다.

그들의 전력은 절반 정도가 사라졌으니, 앞으로 황밀교의 난에 참여할 수 없을 것이다.

그렇다면 지금 장호는 흑무곡, 살검문, 시령각을 처리해야 한다는 계산이 나온다.

그리고 살검문은 본단이 어디 있는지 알 수 없지만, 흑무곡과 시령각의 위치는 이미 알고 있었다.

귀주성.

그리고 광서성.

귀주성에는 흑무곡이, 그리고 광서성에는 시령각이 있다.

시령각은 강시를 전문으로 하는 집단으로, 내버려 두면 차후에 많은 강시를 만들어서 병력을 보충하는 역할을 할 것이다.

흑무곡은 집단적으로 음공을 사용하여 사람들의 심혼을 뒤흔들기 때문에 집단 전투에서 큰 피해를 입히는 자들이었다.

자, 어느 쪽을 칠까?

일천의 궁기병.

그것도 모두 무공을 익혔으며, 장호가 만든 독을 묻힌 독화
살을 사용한다.

이들이라면 충분히 저들을 처리할 수 있을 테지.

그리고 장호가 그들을 무너뜨리면… 강호에는 어마어마한
파장이 일어나게 될 것이다.

또한 황밀교 역시 과거와 다르게 준비가 덜 된 상태로 움직
이게 될 터.

그리고 그 누구도 자신이 이런 식으로 움직일 거라고는 생
각하지 않았을 터이니 더더욱 효과적이리라.

자, 그러면 한번 해볼까?

장호가 흐릿하게 웃었다.

*   *   *

광서성의 백성을 구휼하겠다!

장호는 일천의 의선문인과 함께 호남성에서 광서성으로
내려가기 시작했다.

장호의 그 행보는 정파무림과 사파무림 양쪽 다 놀라게 만
들었다.

일천의 호위 무인을 데리고 시령각이 지배하는 광서성에

들어간다고?

이게 말이나 되는 일인가?

그러나 누가 말릴 새도 없이 장호는 이 일을 감행해 버렸다.

그리고 결국 광서성의 경계를 넘어, 삼강(三江)이라는 도시에 들어서게 된다.

이 삼강은 세 개의 강이 합쳐진다는 소도시인데, 강 덕분에 무역으로 제법 번성한 곳이다.

이곳을 따라서 강이 저 아래 광서성의 성도인 남녕까지 이어져 있어서, 사실 배만 타면 남녕까지는 금방이다.

그러나 일천의 기마 무인이 배를 탈 수는 없는 노릇이라서, 의선문 일행은 강변을 따라서 느긋하게 이동하기 시작했다.

당연하게도 의선천하 만민구제라는 구호를 내걸었고 말이다.

때문에 삼강에 도착해서 가장 먼저 한 일은 바로 무료로 사람들을 치료해 주는 거였다.

기공 치료로도 안 되는 이들에게는 처방전을 써주는 일을 시작했다.

당연히 광서성은 난리가 났다.

광서성은 온전히 사파의 영역이다.

시령각이 종주로 있는 광서성에는 크고 작은 사파가 수십여 개나 있었다.

시령각이야 모른 척한다 해도, 다른 사파들은 그럴 수가 없었다.

사실 상대가 안 되기 때문이다.

그래서 사파들은 알아서 봉문 비슷하게 행동하기로 했다.

양민들을 괴롭히지도 않았고, 돈을 걷으러 돌아다니지도 않았다.

시빗거리 자체를 없애기로 한 것이다.

그런 일련의 행동들은 광서성의 종주인 시령각의 심기를 더더욱 불편하게 만들었다.

"금강불괴라……."

시령각주 시도하.

그는 이제 나이가 일흔이 넘어가는 노인이었다. 심지어 겉으로는 이미 죽은 시체처럼 보일 정도였다.

그러나 그의 전신에 맴도는 사악한 기운은 인세에서도 찾아보기 어려운 것이어서, 그가 흑사칠문의 절대지존 중 한 명임을 알 수 있었다.

화경의 경지.

그것은 예사로운 것이 아니다.

그리고 시도하는 시령각의 비전무공인 시령혈괴대공을 극성까지 익혀 화경에 오른 인물이다.

시령혈괴대공은 보통의 방법으로는 절대로 대성할 수 없는 지극히 괴이한 사공이다.

일단 시령각의 무기라고 할 수 있는 강시 중에서도 가장 강력한 강시인 혈선마라강시를 제작해야만 했다.

혈선마라강시는 혼자서 화경의 절대고수 셋을 감당할 수 있다는 악마의 병기이다.

다만 혈선마라강시를 만들기 위해서는 화경의 절대고수를 시체로 써야 한다.

뿐만 아니라 거기에 더해 동남동녀 일천여 명의 정혈을 뽑아내서 재료로 사용해야만 한다.

당연히 이게 알려지면 강호가 뒤집어질 일이다.

아무리 사파라고는 해도, 이는 천인공노할 일이기 때문.

그러나 시령각주 시도하는 오래전에 황밀교에 투신하여 그러한 재료들을 공급받아 결국 혈선마라강시를 제작하고야 말았다.

그리고 혈선마라강시가 제작된 이후, 그 강시를 이용해 모종의 대법을 사용했다.

그 결과 그 자신도 시령혈괴대공을 대성한 것이다.

그의 육체는 금강불괴나 다름이 없고, 반은 강시이며 반은 살아 있는 반시반생의 상태가 되어버렸다.

그의 무력은 실제로 혈선마라강시와 동등!

또한 혈선마라강시를 조종할 수 있는 이는 그 자신뿐이므로 결과적으로 혈선마라강기와 같은 전력이 둘이나 된다고 볼 수 있는 상태였다.

숫자로만 따진다면 무려 화경의 절대고수를 여섯이나 상대 할 수 있는 전력인 셈이다.

때문에 시령각주는 의선문주의 금강불괴에 대한 이야기를 듣고서도 자신만만했다.

금강불괴?

과연 그 단단함을 혈선마라강시 앞에서 자랑할 수 있을까?

때문에 시령각주는 시령각을 움직이지 않았다.

저들 의선문이 깊숙이 들어왔을 때 한 번에 모두 처리하기 위해서.

"흐흐흐흐. 마침 잘되었어. 교에서도 이번 일로 나를 타박하지 못할 것이다."

시령각주는 음산하게 괴소를 흘렸다.

*   *   *

"좋아. 아주 충분해."

장호는 씨익 웃으며 선외단원들이 가져온 짐을 보고 있었다.

"문주님께서 명하신 것을 모두 챙겨 왔소이다."

"잘하셨습니다, 칠검도인."

"선외단주라고 불러주시구려."

선외단주 칠검도인.

그는 본래 절정의 고수였다.

그리고 최근… 장호가 지원해 준 준영약의 힘을 받아서 초절정의 경지에 올라서고 말았다.

초절정의 고수가 되었다는 것은 의미가 깊다.

명문 대파에서도 초절정고수의 수는 그렇게 많다고 할 수 없기 때문이다.

장호야 초절정의 경지를 초월하여 화경의 절대자들과 싸워 이길 수 있지만, 그런 장호를 제외하고서는 초절정고수를 감당할 이가 거의 없었다.

그런 와중에 선외단주인 칠검도인이 초절정의 경지에 오른 것은 의선문의 전력이 급격히 늘어났음을 의미한다.

사실 칠검도인 외에도 초절정의 경지에 오른 이가 세 명이 더 있었다.

본래 절정이었던 낭인들로, 체계적인 수련과 교육에 무학 이론을 새롭게 습득하고 내공이 늘어남에 따라서 초절정의 고수가 되어버린 것이다.

즉 의선문은 초절정의 고수를 벌써 네 명이나 보유하고 있는 셈이다.

보통 명문 대파에서 초절정의 고수를 이십에서 많으면 사십여 명까지 보유하고 있는 것에 비교해 볼 때 적은 숫자이긴 하다.

하지만.

의선문은 현재 다수의 절정고수를 보유하고 있다. 절정고수의 수만 해도 현대 사백이 넘어가고 있으니까.

그리고 지금 칠검도인과 같이 온 이 중에는 절정고수가 삼백여 명이나 포함되어 있었고, 남은 이는 모두 일류 수준에서는 극에 이른 인물들이다.

"우리의 주적은 강시가 될 것입니다."

"시령각이 상대라면 확실히 그렇겠지요."

"시령각의 인원은 일천. 그리고 그중에는 초절정의 경지에 이른 이가 열 명 정도 있다고 알려져 있죠."

시령각.

사실 규모만 보면 다른 문파보다 약하다.

일천의 문도가 전부이고, 초절정고수도 열 명 정도 존재한다.

시령각주가 화경의 절대고수라지만, 그 외에는 화경에 이른 이도 없다.

거대 문파라고 하기에는 빈약한 숫자다.

하지만 그럼에도 누구도 시령각을 우습게 여기지 않는 것은 이들이 강시를 부리기 때문이었다.

시령각이 얼마나 많은 강시를 가지고 있는지는 사실 알려진 바가 없다.

다만 개방과 하오문의 정보를 통합하여 추측해 보자면 적어도 일천 구의 강시를 가지고 있을 것으로 추정된다.

가장 약한 동강시만 해도 일류무사가 달려들어야 맞상대가 가능하다고 알려져 있다.

그 위인 철강시는 절정고수가 아니면 파괴하기가 어렵다고 한다.

은강시와 금강시까지 가면 이건 정말 상대하기가 어려운 괴물이다.

물론 은강시나 금강시의 수는 많지 않을 테지만, 없는 것은 아닐 것이 분명하다.

은강시면 검기를 무시하는 단단한 몸에 절정고수에 준하는 빠름을 보여준다.

이 정도면 초절정고수는 되어야 겨우 상대가 가능하다.

금강시는 강기에도 어느 정도 견디고, 그 빠름은 초절정고수에 준한다고 했으니 화경의 절대고수가 아니면 파괴하는 게 어려울 것이 뻔했다.

과거 정보에 의하면 시령각에는 금강시가 두 구 존재한다고 하는데, 지금은 더 늘어났을 수도 있었다.

그렇다면 지금의 의선문이 과연 시령각을 이길 수 있을까?

그 때문에 장호는 특별한 물건을 준비해 오라고 요구했다.

이 물건들이 있다면… 강시들 정도는 아무것도 아니게 될 것이다.

"그 정도는 충분히 감당 가능합니다. 저는 철저하게… 군문의 방식으로 싸울 거니까요."

"군문의 방식이라… 어떤 길로 가든 수도로만 가면 되는 것이 아니겠소?"

"그렇죠. 그럼 슬슬 낚시를 시작해 볼까요?"

장호가 씨익 웃어 보였다.

*   *   *

사파들이 몸을 사린다고는 하지만, 사파가 괜히 사파가 아니다.

이들은 기본적으로 선의 같은 마음이 조금도 존재하지 않고, 타인의 불행을 웃으며 즐기는 부류다.

게다가 이들의 생존 방식은 타인의 고혈을 빨아먹는 기생충 같은 행동 위에 존재한다.

그런 이들은 의선문의 의료 행위를 방해하지 않기 위해서 자제하고 있었지만, 의선문이 아무런 위협을 하지 않자 슬슬

겁대가리를 상실하고 있었다.

애초에 참을성이 있었다면 그저 그런 동네 쓰레기 사파의 조직원이 되었을 리가 있겠는가?

고육이라는 인물도 그런 인물 중 하나였다.

의선문이 의료 행위를 하기 위해서 잠시 멈춘 삼강에 벽도파라는 중소 규모의 사파 위치해 있다.

벽도파는 벽력도법이라는 절정무학을 하나 익힌 벽력혈도 산한이라는 작자가 두목이었다.

산한에게는 아끼는 애첩이 하나 있었는데, 그 애첩의 이름이 바로 고연화라고 했다.

고연화는 삼강에서 제일 예쁜 기녀로서, 예쁘기만 한 게 아니라 남자를 다루는 데에도 제법 실력이 있어 산한의 애간장을 다 녹여 버린 여인이었다.

그런 고연화에게 동생이 있으니 바로 그게 고육이다.

고육은 어렸을 적부터 일하기를 싫어하고 남들을 때리면서 괴롭히는 것을 좋아하는 전형적인 쓰레기로, 그나마 누나인 고연화는 잘 따르는 인물이었다.

그나마 어떻게 재수가 좋았는지 덩치가 크고 힘이 좋아서 고연화의 기둥서방 노릇을 해주면서 먹고살아 가던 그런 작자였다.

그는 산한의 애첩이 된 고연화의 부탁으로 벽도파의 간부가 될 수 있었다.

한데 이 고육에게는 한 가지 안 좋은 버릇이 있었는데, 술을 잔뜩 마셔 취하게 되면 아무 여자나 희롱하고 강간하려고 한다는 점이다.

실제로 그에게 강간당한 여인이 벌써 열두 명을 헤아리니, 그 악행에 대한 이야기가 인근에 쫘악 퍼져 있는 상태였다.

물론 고육만 나쁜 놈인 건 아니다.

그 위에 있는 산한도 인간 말종이었고, 그 밑의 수하도 대부분 그러했다.

다만 고육의 경우에는 절제도 없고 더 엉망진창으로 살아서 더 악행이 소문이 났을 뿐이다.

아무리 악당이라도 무리를 지으려면 규칙을 지켜야 한다.

이른바 악당의 규칙인 셈이다.

그러나 이 녀석은 산한의 애첩인 자기 누나를 믿고 방탕하게 사니 소문이 좋을 리가 있겠는가?

그러든가 말든가 고육은 벌써 보름 정도를 근신하고 살았더니 참으로 몸이 근질근질했다.

결국 그는 참지 못하고 기루로 향했다. 그리곤 기녀를 품은 다음에 술을 진탕 마셨다.

그게 문제였다.

이 미친놈이 바로 의선문의 무인에게 와서는 시비를 일으킨 것이다.

그리고 당연하게도 이 사건은 큰 파장을 일으키고 만다.

콰아앙!

"고육 이 육시럴 놈이 지금 뭐하는 짓이여!"

산한이 걸쭉한 사투리로 분노를 토해내며 손을 내려쳤다.

그가 상을 두드리며 화를 내고 벌떡 일어나자, 다른 수하들이 딱딱하게 굳은 얼굴로 두목을 보았다.

방금 전 고육이 사고를 쳤다는 소식이 들려왔기 때문이다.

열흘에 한 번 있는 정기 회의를 하던 도중 들어온 소식이라 산한의 화내는 모습을 간부들이 모두 보고 있는 중이다.

"형님, 어떻게 하시려우?"

나름대로 의형제랍시고 산한과 같이 강호를 떠돌았던 혈대이도 관언이 물어온다.

그는 부문주의 직책을 가졌는데, 두 개의 대도를 양손에 들고 휘두르는 솜씨가 아주 일품인 작자였다.

"그놈 죽게 내버려 둬야지 뭘 어째. 보상금 좀 주고 말아야지. 에이… 더러워서."

으르렁거리는 산한.

그리고 그런 산한을 보며 관언이 혀를 찼다.

"그러게, 그 잡놈은 진즉 내치자니까."

"아, 연화 고년이 울 거 아냐! 너 같으면 그럴 수 있어?"

"첩년에게 뭘 그리 쩔쩔매시우? 쯧쯧."

"니가 그러니까 첩도 없는 거야, 이놈아. 여자가 애교를 부리면 그게 극락인 거 모르냐?"

"하여튼……."

"두, 두모오옥!"

그때다.

문을 열고 누군가가 달려오는 것이 보였다.

"뭐야 이 새끼야!"

"의, 의선문이… 그, 그놈들이……."

"그놈들이 뭐!"

"쳐들어왔습니다!"

"뭐라고?"

산한이 놀라서 벌떡 일어섰고, 다른 이들도 마찬가지로 일어섰다.

그 순간, 건물이 뒤흔들리는 거대한 소리가 들려왔다.

"벽도파의 쓰레기들은 듣거라!"

우르르릉!

"평소에 인근의 백성들을 괴롭혔으니 너희의 죄가 적지 않으나 문파 간의 예에 따라 모른 척하려 했다! 그런데 감히 그런 본 문의 예의를 무시하고 본 문에 시비를 걸었으니 그 죄를 그냥 모른 척 내버려 둘 수가 없다! 이 광서성의 종주인 시령각에서도 너희의 행동에 변명하지 못하리라!"

우르르릉!

"얌전히 나와서 단전을 폐한다면 목숨은 살려주겠으나, 그게 아니라면 모조리 죽으리라!"

"뭐, 이 씨벌놈이 어디서 개수작이냐!"

간부들도 그렇지만 산한도 분노해서 밖으로 나왔다.

그리고 그곳에는 벽도파가 감당하기 어려운 숫자의 무인들이 있었다.

벽도파는 중소 규모의 문파다 보니 문파원의 수가 이백이채 되지 않는다.

그런데 상대는 일천이나 되었으니 숫자로도 상대가 될 리가 있겠는가?

그뿐이 아니다.

의선문의 선외단은 전원이 갑주를 입었으며, 전신 무장을 하고 있어 마치 군대와 같았다.

저런 복장을 하고도 대역죄로 몰리지 않고 돌아다닌다는 것 자체가 뭔가가 있다는 반증이 분명했다.

산한은 자기가 소리를 질러놓고도 그런 모습을 보면서 두려움을 가질 수밖에 없었다.

이미 완전히 포위된 것이다.

"네가 두목인가 보군."

그런 산한에게 장호가 말을 걸었다.

장호는 겉만 보면 이십 대 초반의 아주 젊은 청년으로 보인다.

제법 곱게 자란 것처럼 보이는데 사실 그 이면에는 어마어마한 수의 인간을 죽이고, 또한 살렸던 무인이자 의원으로서의 잔혹한 모습이 숨어 있다.

그걸 모르는 산한은 상대가 자신을 깔본다고 생각하여 화가 났다.

하나 상황이 상황인지라 화를 터뜨리지는 못하고 얼굴을 굳힌 채로 말을 이었다.

"그렇소. 내가 벽도파의 문주요."

"아까 말한 바와 같다. 단전을 폐한다면 목숨은 살려주마."

"그게 가당치 않은 소리라는 것은 알고 있지 않소. 본 파는 그대들에게 굴복할 테니, 살길을 열어주시오."

"그 외의 살길은 없다."

"그렇다면… 얘들아! 가자!"

그는 눈치가 빨랐다. 즉시 젊어 보이는 장호를 향해 달려들었다.

앞에 나선 그를 제압하면 그나마 살길이 있다고 생각한 것이다.

산한이 도를 휘둘렀고, 그것은 즉시 장호의 어깨를 베어갔다.

그는 일이 수월해졌다고 생각했지만, 그것은 아주 잘못된 생각이었다.

카가가각!

도는 장호의 어깨를 조금도 자르지 못하고 기괴한 소리를 내면서 멈추었던 것이다.

"어리석군. 그래도 사는 것이 나았을 것을……."

뭐라고?

퍽!

그가 반문하기도 전에 무언가가 그의 목을 뚫었다.

"컥……."

피가 목을 역류하고, 숨이 단번에 막혔다.

산한은 부들부들거리면서 장호를 노려보다가 그대로 쓰러져 버렸다.

"모두 죽여라. 살려둘 가치가 없는 놈들이다."

장호의 명령과 동시에 일천 명의 무인이 활을 꺼내어 들었다.

그리고… 무자비한 학살이 벽도파를 덮쳤다.

第十章

전쟁이다, 이놈들아!

전쟁.
그것은 영원히 끝나지 않는다.

어떤 고언

삼강의 사파인 벽도파가 쓸렸다.

그리고 장호는 거기서 멈추지 않고 그 지역의 크고 작은 사파나 무뢰배를 모조리 정리했다.

삼강의 관원들은 도리어 좋아라 했다.

관과 강호가 서로 관계를 안 한다는 것은 사실 표면적인 이유일 뿐이고, 실제로는 서로가 서로를 싫어하기 때문이다.

특히 사파와 관인들은 관계가 지극히 안 좋았다.

왜냐하면 관인들도 악당이기 때문이다.

부패한 관인들은 사파들이 자신의 이익을 침해한다고 여

겼다.

하지만 사파를 잘못 다루면 자기의 목이 달아난다.

사파에는 인생 막장인 놈이 많고, 일단 죽이고 보는 놈이 태반이라 그런 것이다.

여하튼 그렇기에 삼강의 관인들은 도리어 좋아했다.

그러나 좋아하는 것도 잠시다.

장호가 도찰원의 직위를 이용해서 감찰을 시행한 것이다.

그러다 보니 삼강에서 도를 넘은 악행을 일삼던 이 대부분이 단번에 죽어나갔다.

도찰원의 직권에 의하면 감찰 시 도를 넘은 부정 행각을 벌인 이는 바로 참형해 버릴 수 있다고 한다.

그 힘을 사용한 것이다.

장호는 이래 봬도 도찰원의 직위를 가졌으니, 당연히 이렇게 행동해도 상관이 없었다.

여하튼 장호는 그렇게 처리해 삼강을 정상화시키는 한편 의료 행위를 계속하여 삼강 인근의 어지간한 환자는 전부 치료하였다.

그리고서 장호는 의선문을 이끌고 남하를 시작한다.

이는 천하에 이전의 어떤 사건과도 비교가 안 되는 엄청난 파장을 일으켰다.

정사전쟁의 시발점이 될 수도 있기 때문이다.

하지만 정사전쟁은 지금에 와서는 사파에게 불리하다.

흑사칠문 중 하나가 봉문당했으니까.

게다가, 여기서 만약 의선문이 시령각에게 큰 피해를 입힌다면?

그러면 정사전쟁의 승자는 정파가 될 것이 뻔하다.

그리고 정파인 대부분은 그런 상황을 바라고 있었다.

그렇게 천하의 시선이 광서성에 집결된 그 시각, 시령각 역시도 움직이기 시작했다.

시령각이 광서성에 자리를 잡은 지가 벌써 삼십 년이 흘렀다.

그들은 제법 뿌리 깊게 광서성에 세력을 잡았고, 저력도 제법 강하다.

비록 절대고수와 초절정고수의 수는 부족하지만, 강시의 수가 엄청났다.

그리고 그런 시령각의 강시가 움직이는 정황이 개방과 하오문에 포착되었다.

그 수는 무려 이천이 넘는다.

강시 이천.

설사 이것들이 전부 동강시라고 해도 어지간한 거대 문파 두 개를 합해야만 나올 수 있는 무시무시한 숫자였다.

그리고 그 정보는 장호에게도 들어갔다.

시령각의 무인 일천, 거기에 강시가 이천.

이중 동강시 외에 철강시나 은강시, 혹은 금강기가 몇이나 있을지는 아직 파악이 덜된 상태.

하지만 어차피 의미가 없다고 장호는 생각했다.

저쪽이 움직인 이상, 한 번의 회전(會戰)으로 저쪽을 완전히 몰살시킬 테니까.

"장 대협의 움직임은 예상 밖이군요."

제갈화린이 지도를 들여다본다.

"장 대협께서… 시령각을 무너뜨린다면. 강호의 판세는 아주 빠르게 변화할 터. 그렇다면… 양측 모두가 준비되지 않은 채로 세상에 드러나게 되겠죠. 이건… 화일까요, 복일까요."

그녀는 홀로 중얼거리며 생각에 잠겼다.

"정석대로라면 장 대협의 선택은 옳아요. 적의 전력을 각개격파해 둔다. 하지만… 저쪽에는 우리가 모르는 것이 아주 많으니까요. 그렇다면……."

그녀는 두 눈을 반짝인다. 그리고 백돌을 집어 들었다.

"저는 이쪽에서 움직이죠. 장 대협의 의도를 보조하는 의미로."

그리고 그녀가 백돌을 지도 위에 올렸다.

*　　　*　　　*

"여기서 진지를 구축합시다."

장호는 간단하게 명령을 내렸다.

장호는 그리 크지 않은 작은 산을 하나 골랐고, 그곳에 목책을 만들어 방어진을 구성하도록 만들었다.

사실 이러한 방진은 그리 의미가 없다. 강시들의 힘은 보통을 넘은 것이라서, 이런 목책 방진 따위는 쉽사리 부서지게 마련이다.

게다가 강호인들의 경공은 대단한 것이어서 이 장 정도 높이가 아니라면 금방 뛰어넘을 수가 있다.

하지만 그럼에도 불구하고 장호는 목책을 만들고, 방진을 만들게 시켰다.

이유는 별게 아니다.

그 목채 위에서 화살을 쏘게 만들기 위함이었다.

즉 방어막으로서의 기능을 요구한 것이 아닌, 높이의 격차를 요구한 것.

게다가 말은 안쪽에 모아두었다.

자신들의 장점인 기동성을 포기한 것이다.

이 기묘한 행동은 여러 사람에게 기묘한 시선을 주게 만들었다.

그러한 시선 속에서도 장호는 목책을 둘러 만든 방진 안에서 무언가를 서둘러 만들어내고 있었다.

기마 무인을 가진 장호가 어째서 기동성을 포기했단 말인가?

그러나 그런 의혹 섞인 시선과는 별개로 시령각의 무리는 그대로 다가왔다.

그러거나 말거나 장호는 자기가 할 일만 하고, 수하들에게 지시를 내렸다.

그리고 마침내 시령각 측이 높이가 백 장 정도 되는 조그마한 야산 앞에 도달했다.

"크크크크. 어리석은 놈들이 어디서 군문의 흉내를 내는군."

시령각주는 음산한 괴소를 흘리며 야산 위에 자리를 잡고 불을 밝힌 의선문의 무리를 바라보았다.

지금 시각은 밤.

강시들이 가장 강한 힘을 보이는 때다.

강시가 비록 주술에 움직인다지만, 그 정체가 시체라는 것은 변하지 않는다.

때문에 태양이 떠올라 양기가 가득 찬 대낮보다는 밤에 더욱 큰 효과를 발휘하는 것이 너무나도 당연한 일이었다.

별다른 진형도 짜지 않은 허술한 모습으로 늘어선 시령각은 우선 하루를 쉬고 내일 밤 공격하기로 결정했다.

그리고 그 모습을 멀리서 장호가 지켜보고 있었다.

"계획대로 되어가는군."

장호가 씨익 웃는다. 이후 싸움의 행방은 어떻게 될 것인가?

*   *   *

"무도한 의선문의 잡졸들은 들어라! 감히 본 각이 지배하는 이 광서성에 나타나 본 각의 비호를 받는 문파들을 공격하였으니, 너희의 목과 몸을 잘라내어 세상에 뿌리지 않을 수 있으랴!"

시령각주가 웅후한 내력을 사용해 소리를 지른다.

그것은 전쟁의 시작을 알리는 신호이기도 했다.

애초에 강호에서 명분과 명예는 꽤나 중요시 여길 수밖에 없다.

웃기게도 각종 범죄와 탈법을 저지르는 사파도 그랬다.

"공격하라!"

그리고 드디어 시령각의 무인들과 강시들이 움직이기 시작했다.

그러나 잠시 뒤, 그로서는 예상하지 못한 일이 일어나 얼굴이 금세 일그러졌다.

턱, 턱, 턱, 턱.

동강시가 두 손을 빳빳이 세운 채로 앞으로 나아간다.

온몸이 빳빳하기 때문에 동강시의 두 다리는 굽어지지 않는다.

때문에 이들은 콩콩거리면서 뛰어서 이동을 하는데, 산이라고 하는 지형은 동강시의 이동을 아주 급격하게 방해하고 있었다.

시령각주도 이 점은 생각지 못했는지 짜증이 난 표정을 지어 보였다.

그리고 장호는 피식 웃으며 그 모습을 바라보았다.

백 장이라고 하면 높아 보이지만, 사실 그렇게 높지는 않다.

보통의 사람이라면 적어도 이각이면 충분히 올라간다.

그런데 이 동강시들은 한 시진이 지나도 거의 올라가지 못한 채로 있어야 했다.

당연히 짜증이 날 수밖에.

강시의 군세로 적들을 쓸어버리려던 그의 계획은 시작부터 어긋난 셈이다.

"이……."

그가 분노로 얼굴이 붉어졌다.

시체처럼 창백하던 얼굴에 붉은 혈색이 도니 기괴하기 짝이 없었다.

쩌렁!

그가 종을 하나 꺼내어 흔들었다.

그러자 그의 좌우에 있던 관이 파괴 되며 무언가가 튀어나왔다.

그것은 한 구의 아름다운 여인이었다.

관에서 나온 것으로 보아 분명 살아 있는 인간이 아닌 강시임에도 불구하고, 그녀의 피부에는 생기가 돌아 살아 있는 것처럼 보였다.

혈선마라강시.

그 위력은 화경의 고수 세 명을 동시에 감당하고, 만약 일대일로 싸운다면 화경의 절대고수를 죽일 수 있는 괴물이 바로 이것이다.

그러나 겉으로는 그저 두 눈을 감고 있는 아름다운 미녀로만 보이니 참으로 두려운 모습이었다.

"가자!"

그의 수하들로 하여금 적을 쓸어버리기를 기대했으나, 높이 때문에 시간이 너무 오래 걸리니 직접 자신이 적들을 도륙하기로 결심했다.

금강불괴를 이룩한 그이니 하수들의 공격은 아무래도 좋다고 생각한 것이다.

게다가 혈선마라강시가 있으니 더더욱 하수들을 두려워할 필요가 없는 것이다.

쾅!

그가 빠르게 앞으로 나아간다. 마치 화살처럼 쭉쭉 나아가는 그의 뒤로 혈선마라강시가 살아 있는 사람처럼 경공을 발휘해서 쫓아온다.

그렇게 두 절대고수가 어둠 속으로 날아들었다.

그들의 뒤로 동강시와 철강시들이 부지런히 산을 오르고 있었다.

*　　　*　　　*

"오는군."

장호는 눈을 가늘게 떴다.

인간을 초월한 육신을 지니게 된 장호이다.

아직 화경에 들지 못해 기감력은 약하지만, 오감이 너무 발달해서 저 멀리에서 가공할 존재가 빠르게 다가오고 있는 소리를 들은 것이다.

"계획대로 하십시오."

"그리하리다. 문주, 몸조심하시오."

"하하, 제가 누구입니까?"

장호는 웃으며 앞으로 나섰다.

그리고 목책 앞으로 뛰어내려 전력으로 달리기 시작했다.

칠검도인은 그런 장호의 뒷모습을 물끄러미 바라보다가 손을 들어 올렸다.

"부단주! 준비하게."

"예, 단주님."

부단주는 본래 군문 출신의 무인으로 절검명인이라는 별호를 가진 동청진이라는 이름의 사내였다.

그는 군문에서 백인장까지 올랐으며, 병법을 익혔던 인물.

그가 칠검도인을 대신해서 선외단 전체를 조율하기로 이미 이야기가 되어 있었다.

"모두 준비해라!"

그리고 의선문 선외단은 미리 준비한 함정을 사용하기 위해서 움직이기 시작했다.

뎅! 뎅! 뎅!

종이 쳐지고, 사람들이 움직인다.

반은 군문에서 살아남은 병사 출신인지라, 그들의 행동은 무척 재빨랐다.

그리고 그런 그들을 뒤로한 장호는 이미 야산의 중턱 부분에서 시령각주 시도하를 만나고 있었다.

시도하, 그리고 장호.

둘은 만나자마자 서로를 향해 손을 휘둘렀다.

시도하는 깡말라 비틀어진 손을 기괴하게 흔들며 뻗었는데, 그의 두 손에서 시뻘건 기운이 기괴한 형태로 뭉쳐져 튀어나왔다.

그러나 그에 마주하는 장호는 가볍게 손바닥을 뻗어내어 그 기운을 손으로 쳐버렸다.

콰아아앙!

폭음이 일며 시뻘건 기운이 산산이 흩어진다.

장호는 끈적하게 옭아매는 기운을 느끼며 피식 웃고는 손을 흔들었다.

기운이 이내 완전히 사그라들었다.

"호오. 오독문을 봉문했다더니… 한 수 재간이 있었나 보군."

"늙어 비틀어져 이제는 시체나 다름없는 마졸 따위에게 평가받을 만큼은 아니거든."

"크크. 듣던 대로 입이 매운 놈이로구나."

시도하가 낮게 웃는다.

그러나 그 두 눈에는 매서운 한기가 맴돌았다.

"그쪽은… 금강시인가?"

"금강시? 크크크크! 어디서 주워들은 이야기는 있는 모양이다만… 아해야, 너는 오늘 여기서 죽을 게다."

"죽어? 내가? 어째서?"

"금강시하고는 비교도 안 되는 혈선마라강시의 첫 제물이 되는 것을 감사히 여기도록!"

쩌렁!

종이 울린다.

그러자 아름다운 미녀가 두 눈을 감은 채로 빠르게 쇄도해 왔다.

혈선마라강시라고?

장호는 그런 시령각주의 말에 새삼스러운 눈으로 눈앞의 미녀를 바라보았다.

혈선마라강시가 무엇인지는 장호도 잘 안다.

가공할 악마의 병기로 이름을 날렸으며, 화경의 절대고수들을 하나둘 살해하던 괴물이다.

다만 그런 혈선마라강시가 이렇게 아름다운 미녀였다니?

하긴, 그게 무슨 상관이랴.

강호에서는 남녀노소 따위는 아무래도 좋은 일이다.

고수라고 해서 칼이 안 박힌다던가?

장호는 잠시 기다렸다. 그리고 충돌했다.

쾅!

혈선마라강시는 무공을 사용했다.

내가중수법을 적절히 사용하며 다가와 손바닥을 부드럽게

내밀었는데, 만근을 격파하는 거력이 그 손에 숨어 있었다.

장호는 일부러 그 손에 맞아보았고, 제법 강한 그 힘에 놀라야 했다.

하지만 그뿐이다.

금강철신공, 그리고 마혈신외공에 선천의선강기가 더해진 장호의 육체는 이미 금강불괴라고 부를 수조차 없을 정도로 어마어마하게 뒤바뀐 이후이다.

만근의 바위를 격파하여 가루로 내는 위력이 깃든 손이 장호의 단전을 정확하게 때렸지만, 묵직함 외에는 아무런 피해가 없었던 것이다.

씨익.

좋아. 내가 원하는 대로 되었군.

애초에 무학의 이론에 통달하고, 깨달음을 얻을 가능성 따위는 조금도 생각한 적이 없었던 장호다.

운이 좋아 초절정의 경지에 올랐으나 그는 무인이라고 하기에는 어딘가 모자란 사람이었다.

그래서 외공에 집중했고, 결과적으로 지금의 상태가 되었다.

혈선마라강시라고 해도 그의 육체를 해할 수 없으리니!

장호가 손을 품 안쪽으로 잡아당기며 손바닥을 쥐었다.

우득우득.

그의 팔 근육이 움직인다.

선천의선강기가 불어넣어진 그의 팔은 무시무시한 거력을 손에 담았다.

콰아아아!

그리고 내지른다.

정권 지르기.

가장 간단한 공격법.

그러나 그 속도는 상상을 초월하는 것이었다.

콰아아앙!

주먹이 날아가 그대로 혈선마라강시의 늑골을 후려치자, 금강불괴임에 분명한 그 몸 안의 뼈가 조금이지만 우득! 하며 부러지는 소리가 났다.

콰당탕탕.

정권의 위력에 혈선마라강시의 몸이 날아가 땅에 떨어졌다.

물론 떨어지자마자 다시금 벌떡 일어났다.

하지만.

그 모습은 확실히 너무 놀라운 일이었다.

"어, 어떻게… 네놈은 대체 뭐냐! 어떻게 혈선마라강시의 일격을 몸으로 견딘 거지?"

시도하가 경악한 표정이 된다.

당연할 것이다.

혈선마라강시의 몸은 금강불괴. 그리고 그 힘은 화경의 고수보다도 조금 더 강하다.

그런데 그 일격을 견뎌?

그뿐이 아니다.

분명 혈선마라강시의 뼈가 부러지는 소리를 그도 들었다.

어떻게?

"내가 더 단단한 몸을 가지고 있다. 단지 그뿐이야."

"뭐라고?"

일천의 동남동녀의 정혈을 합하고, 화경에 이른 절대고수의 시체를 사용해야만 하는 혈선마라강시보다 단단한 몸뚱이라고?

"그러니까… 나를 죽일 생각은 집어치워, 늙은 시체. 네가 아무리 발버둥 쳐도… 나를 죽일 수 없다. 하지만 나는 너를 죽일 수 있지."

"이노오오옴!"

수십 년간 강호에서 사파의 거두로서 종사 소리를 듣던 시도하가 분노하였다.

쩌릉!

혈선마라강시가 다시 달려든다.

그녀는 부드러운 유능제강의 권법을 펼치며 달려들었고,

그 옆에서 시도하가 붉은 강기가 넘실거리는 종을 들고 있었다.

"네놈이 이것에도 멀쩡한지 보겠다!"

콰릉!

종에서부터 핏빛 강기가 쏘아져 왔다.

장호는 저것마저 그냥 맞아줄 수는 없다는 것을 본능적으로 느끼고, 선천의선강기를 끌어 올려 마혈신외공의 호신기를 시전했다.

화아악!

그의 전신에서 성스러운 백색 광휘가 터져 나왔다.

콰콰쾅!

큰 폭음과 동시에 강기와 호신기가 충돌했다.

그러나 장호는 멀쩡했다.

호신기는 강기보다 못하지만, 호신기를 두른 그의 육체는 종래의 몇 배나 더 단단해지기 때문이다.

동시에 이번에는 장호가 비호처럼 앞으로 튀어 나갔다.

생각해 보면 혈선마라강시도 조종물에 불과하니, 술자를 먼저 쳐 죽여 버리겠다고 생각한 것이다.

파파팟!

그의 엄청나게 강화된 육체는 경공 실력이 뒤떨어져도 엄청난 속도를 부여했다.

적어도 직선으로 달리는 속도는 절대고수들 못지않아서, 그는 순식간에 시도하의 전면에 도착해 있었다.

콰아아!

중면장, 심류장.

전생에서부터 익혀온 심류장에 중면장의 수법이 섞인다.

뭐든지 투과하여 파괴하는 힘에 더해서 만 근의 열 배나 되는 힘이 실린 것이다.

속도는 그리 빠르지 않았다.

피하자면 피할 수 있다.

그러나 무인으로서의 자존심이 시도하를 움직이지 않게 했다.

반대로 그는 손을 뻗어냈다.

시령각의 독문절기인 시령혈수가 펼쳐진 것이다.

그의 손이 시뻘겋게 변하면서 장호의 손에 마주 부딪쳐 갔다.

그리고 두 사람의 손 사이에서 엄청난 폭발이 일었다.

콰르르르르릉!

떠어엉! 소리와 함께 시도하가 두걸음 물러섰다.

그의 팔이 부들거리고 있었다.

그러나 장호는 물러서지 않았다.

그 역시 팔이 떨렸지만 꼿꼿이 서 있었다.

"감히!"

그 모습에 분노했음인가? 시도하가 달려든다.

그는 확실히 금강불괴를 이룩한 화경의 절대고수가 맞았다.

그의 속도는 장호가 감당할 만했지만, 그 공격의 현묘함은 장호에게는 버거운 것이라 제대로 막아내기 어려웠다.

쾅! 쾅! 쾅!

몇 번이나 공격을 허용했으나, 장호는 도리어 웃었다.

그래, 넌 강해.

하지만, 나는 더 강해.

장호는 아예 자기의 몸을 내민다. 그리고 앞으로 나아갔다.

콱!

그리고 잡았다.

"억?!"

"빨라, 현란해. 그리고 단단하군."

"놔, 놔라, 이놈!"

"하지만… 내가 더 단단해. 그리고… 내 힘이 더 세다."

우득, 우드드득!

"끄아아아악!"

상대가 공격하도록 내버려 둔다.

그리고 그 순간에 맞춰서 상대의 몸을 잡았다.

만약 시도하가 이보다 더 빨랐다면 장호도 잡지 못했을 터다.

하지만 그는 그렇게까지 빠르지 못했다.

그럴 수밖에.

장호는 단지 몸이 단단한 것만이 아니다. 그 육체가 인간의 한계를 초월하여 발달해 있었다.

그리고 결국 그의 손이 장호에게 잡혀 버렸다.

장호가 힘을 주고 내기를 모으자, 금강불괴라고 하던 그의 팔목이 조금씩 깨져가기 시작했다.

승부가 났다.

"잘가라, 늙은 시체."

장호의 다른 손이 시도하의 머리를 붙잡았다.

"놔! 놔라! 이, 이놈! 놔아… 끄아아아악!"

우득우득.

그리고 장호는 시도하의 목을 그대로 부러뜨려 버렸다. 완전히 돌려서 목을 꼭지 따듯이 따서 부러뜨리고 떼어내 버린 거다.

처참한 최후였다.

퍽! 퍼퍼퍽!

시도하를 처리한 장호는 옆에서 여전히 자신을 두들기고

있는 아름다운 여인을 바라보았다.

시도하가 죽었지만 여전히 장호를 때리는 혈선마라강시다. 그 위력은 대단하지만, 장호에게는 별 피해를 못 주고 있다.

물론 이대로 계속 맞으면 피해가 누적되어 장호도 다칠 터.

장호는 어찌할까 고민하다가 맞으면서 종을 들어 올렸다. 진기를 불어넣고 한번 흔들어본다.

쩌렁!

그러자 혈선마라강시가 멈추었다.

장호는 대체 어떤 원리로 이 혈선마라강시가 멈추어 선 것인지 모르겠지만, 일단 멈추어 섰으니 만족했다.

그리고 뒤를 돌아보았다.

어둠 속에서 강시의 군대가 결국 산을 절반까지 올라오는 것이 보였다.

저들은 아직 시도하가 죽은 것을 모른다.

그렇다면… 이 기회에 저들을 모두 쓸어버려야겠지.

장호는 빙긋 웃으며 뒤로 물러섰다.

그의 손에는 혈선마라강시가 들려진 채였다.

* * *

강시들이 드디어 방진에서 약 십 장 정도 거리까지 다가왔다.

일 장을 이동하는 데 반각 정도가 걸릴 정도로 느린 강시들의 움직임은 정말 웃기다고 할 만했다.

하지만 저것들이 다 도착하면 그때에는 웃을 수 없을 것이다.

그리고 의선문 선외단은 이미 그에 대한 대책을 다수 마련해 놓았다.

"시작하겠습니다."

부단주의 말에 칠검도인은 고개를 끄덕였다.

그러자 목책 위에 올라선 선외단원들이 모두 활을 들었다.

전원이 질 좋은 활을 가지고 있어서 적어도 오십 장 내에서는 어지간한 건 다 맞추고, 최대 사거리는 팔십 장 정도 되는 것들이다.

그런 화살이 사방으로 날아간다. 그 화살에는 불이 붙어 있었다.

파파파팟.

화르르륵!

산 여기저기에 불이 치솟아오르기 시작한다.

화공!

그렇다.

장호는 강시들을 모조리 불태울 생각을 한 것이다.

금강시 정도가 아니라면 불에 오래 노출될 경우 그 힘을 잃고 만다.

불의 양기가 강시를 움직이는 힘의 근원을 태워 버리기 때문이다.

사기가 타서 정화되면 그 힘이 약화되고 단단함도 잃고 만다.

때문에 화공은 강시들에게 최고의 천적!

그뿐이 아니다.

사람에게도 화공은 아주 효과적이지 않던가?

물론 시령각의 무인들은 불을 보고 도망가겠지만, 강시는 쉽게 도망갈 수 없다.

특히나 이런 지형에서는 말이다!

"백린을 투척하라!"

그리고 동시에 부단주가 소리를 질렀다.

놀랍게도 방진 안쪽에는 투석기가 열 개나 있었다.

군문에서 투석기를 만드는 방법을 배우고, 실제로 만들어 본 이가 있었기 때문에 가능한 일이었다.

투석기는 조잡했지만 그래도 효과적이었다.

그 안에 백린을 담은 자루가 있었고, 그것이 던져진 것이다.

여기저기 조그마하게 타오르던 불길에 백린이 던져지자 그 불은 갑자기 지옥에서 튀어나온 염화처럼 타올랐다.

백린이 불을 만나 지옥의 불길을 만든 탓이다.

그것은 그야말로 순식간이었다.

여기저기에서 불이 일어나 사방을 뒤덮었다.

저 산 아래쪽부터 불화살을 날리고, 백린을 투척한 덕분에 순식간에 야산 전체를 감싸는 불의 포위망이 만들어져 버렸다.

무인이라면 어느 정도 도망은 가능하겠지만, 조금만 지체해도 화마가 거대해져 아무도 도망가지 못하게 될 것이다.

그리고 시령각의 무인들은 그 시점에서 우왕좌왕해 버렸다.

불길은 더더욱 크게 타오르며 모든 것을 빠르게 집어삼키기 시작한다.

의선문의 무인들은 부지런히 불화살을 쏘고 백린을 계속 투척했다.

그뿐이 아니다.

더 잘 타라고 기름 항아리까지 던졌다.

이렇게 하면 의선문도 불에 타 죽을 것이 분명한데도 그들은 그렇게 행동했다.

왜일까?

그것은 이미 불을 막을 방도를 마련했기 때문이다.

방책 주변 약 이 장에 걸쳐서 나무란 나무는 모조리 베어져 있다.

즉 불길이 넘어올 공간 자체를 완전히 없애 버린 것이다.

불길이 크고 강해도, 탈 것이 없으면 넘어오지 않는다.

방책 안쪽은 안전했다.

그렇다, 이 산에 오르기 시작한 것부터가 이미 저들의 패배는 기정사실이 된 것이다.

이거야말로 병법이 아닌가?

"끄아아악!"

불길이 순식간에 시령각을 덮쳤다. 당황한 시령각의 무인들은 산의 꼭대기, 의선문의 방책이 안전함을 보고 달려들었다.

그러나 그들을 기다린 것은 무자비한 화살 세례였다.

이건 더 이상 무인 간의 싸움도 아니었다. 그저 학살이나 다름없을 뿐.

강시들은 느려서 그대로 불길에 휩싸여 그대로 쓰러져 갔다.

무인들은 방책을 향해 달려들다가 화살에 맞아 쓰러졌다.

그들이 십수 년간 고련한 무공 따위는 조금도 도움이 되지 않았다.

초절정고수 몇몇은 방책의 근처까지 도달했지만, 그런 그들도 전신에 화살 몇 개를 허용하여 상처를 입은 상태였다.

그리고 그들은 이미 기다리고 있던 장호와 칠검도인에 의해서 가볍게 죽임당했다.

이윽고 불길이 꺼지고, 날이 밝았다.

시령각의 강시와 무인들은 모두 전멸해 있었다.

*　　*　　*

"자, 모두 챙겨라."

백린은 정말 뜨거운 불을 만든다.

이는 연단술을 공부하는 이라면 모두가 안다.

그런 백린을 사용해 불을 질렀더니, 진짜 모든 것이 다 타버렸다.

강시들은 완전히 재가 되어서 흔적도 찾기 어려웠고, 그건 시령각의 무인들도 마찬가지였다.

그뿐인가?

칼 같은 병기들마저 제멋대로 녹아서 눌어붙은 모습은 불길이 얼마나 뜨거웠는지 보여주었다.

날이 밝아 열기가 식을 때쯤 방책에서 나온 의선문도들이 일단 눈에 띄는 녹은 무기들을 챙겼다.

비록 녹았다지만 금속은 비싸다.

돈에 철저한 의선문으로서는 이것들을 안 챙길 수가 없다.

특히 백린 때문에 돈을 제법 사용한 마당이니 더더욱 그러했다.

물론 이걸로 끝이 아니다.

이제 시령각의 본단으로 가서 그들의 사업을 접수하고 모조리 팔아버릴 것이다.

이 지역은 산서성에서 너무 멀기 때문에 모두 다 처분해서 현금만 들고 가는 것이 훨씬 좋았다.

이미 의선문은 이런 일에 잔뼈가 굵은 몸이다.

산서성을 장악하면서 여러 흑도사파를 그렇게 밀어버리고 처분했기 때문.

물론 앞으로 산서성의 여러 다른 분야의 사업에도 진출할 예정이다.

하지만 일단은 의약 사업에서 확고부동한 자리를 잡기 위해서 그 당시에 다른 사업체를 모조리 팔아버린 전적이 있었다.

"문주님, 모두 챙겼습니다."

"좋군요. 이동을 시작하죠."

"예."

칠검도인이 와서 보고하자, 장호가 고개를 끄덕이며 지시

했다.

이제 이곳에서 벗어나서 남녕으로 갈 시간이다.

남녕에는 광서성에 자리 잡은 시령각의 본진이 있고, 거기에도 얼마의 무인이 남아 있을 터다.

하지만 어차피 이제는 의선문의 상대는 아니다.

"출발한다!"

물건을 모두 챙긴 의선문도들은 말을 탔다.

그리고 바람처럼 내달리기 시작했다.

第十一章

뒷정리

정리를 꼬박꼬박 하자.
너무 어지르고 살면 힘들다.

살림꾼의 충고

의원귀환

"이거 참, 문주님께서는 너무 일을 크게 키우십니다."

"그래서 내가 너를 고용한 거잖아. 가신으로 삼은 건 그래서라고."

"그렇긴 합니다만……."

의선문 내총관.

그 직책을 가진 자는 바로 혈서생 임진연이다.

그는 이제는 진짜 남자인지 여자인지 헷갈리는 외모를 가지고 있었다.

그의 내공 수위가 높아지고, 장호가 손을 보아 개선된 마공이 제대로 자리를 잡은 탓이다.

원접심공은 어떤 내공과도 섞일 수 있다.

때문에 장호는 원접심공과 임진연이 익혔던 마공을 합일시키는 작업을 했고, 손수 내공의 운기조식을 도와주기도 했다.

그뿐인가?

준영약도 마구 지급했다.

그의 내공인 마공은 더 이상 여성의 음기를 흡수하지 않아도 되는 안정적인 내공으로 변화했다.

그 결과 임진연은 초절정의 경지에 올랐고, 지금은 완전히 여자와 같은 외모로 변해 버렸다.

애초에 초절정의 경지에 이르면 육체가 조금이지만 변화한다.

노화가 느려지고, 더불어 몸에도 변화가 일어나는 것이다.

탈태환골처럼 확 변화하는 것은 아니지만, 이 조금의 변화만으로도 사람들은 상당히 강해지는 것이다.

임진연이 바로 그런 상태였다.

초절정이 되면서부터 그의 공력은 더욱 은밀해졌다.

그뿐인가?

그의 장법도 변화했고 치명적인 위력을 가지게 되었다.

"그래서, 어때?"

"일단… 서류를 보니 제법 알차군요. 전부 다 하면 금자로 이십만 냥 정도는 나올 것 같습니다."

"알부자들이구먼……."

"원래 사업체라는 게 그렇습니다. 금자 이십만 냥의 값어치를 가지지만, 실제로는 한 달에 금자 오천 냥 정도를 벌어들이지요."

"하긴, 가게 값이 더 비싸지."

장호는 고개를 까딱였다.

"그런데… 말이 좀 나오더군요."

"말?"

"예."

"어떤 말?"

"화공으로 시령각을 처리한 것에 대한 말이 나온다는 이야기입니다."

임진연의 말에 장호는 피식 웃고 만다.

"개소리하는군. 강시는 되고 화공은 안 되나? 어차피 그런 건 우리가 알 바 아냐. 무시해 버리고, 얼른 정리나 하고 뜨자고."

"물론 문주님의 의지에 맞추어 일을 진행하고 있답니다. 하지만… 세인들의 시선을 조금은 신경 써야 되지 않을까요? 하오문이 알려온 정보에 의하면 무림맹에서 장로들이 소집되었다고 합니다."

"무림맹 장로들이? 뭐… 그쯤은 예상했었지. 그러면 계획대로 하면 되려나?"

"정파에 이쪽의 이권을 넘긴다, 그 말씀이시군요."

임진연이 그윽하게 미소를 짓는다.

그의 붉고 촉촉한 입술이 호선을 그리며 색정적인 아름다움을 보여주었다.

"어. 그 계획대로 가는 거지. 우리는 돈만 챙기고, 뒤처리는 정파의 머저리들에게 미루는 거야. 좋잖아?"

"확실히, 좋은 일입니다."

그렇다, 이것이 장호가 세운 계획이었다.

시령각을 전멸시키고, 그들의 사업체를 모조리 팔아버린다.

금자 이십만 냥 어치의 사업체지만, 조금 빨리 처분해야 하니 아마도 금자 십이만 냥 정도를 얻고 말 것이다.

그리고 이 남녕과 광서성의 세력 자체는 정파에 넘겨준다.

무림맹에서 직할로 운영하든, 무림맹에 속한 구파일방과 오대세가 중 일부에게 조각내서 넘기든 하는 거다.

물론 여기서도 대가를 받을 참이다.

바로 유통권의 획득이다.

현재 의선문은 산서성의 종주가 되었지만, 외부 지역과 장사를 하고 있지는 않았다.

의선문이 산서성 인근의 섬서와 산동성에 진출한다면…….

의선문은 더더욱 거대한 세력을 가질 수 있다.

물론 그 진출이라는 것은 문파로서의 진출은 아니다.

의선문의 의방사업 진출을 의미하는 것이다.

의방 사업은 다른 문파와 겹치는 사업도 아니니까 명분만 있으면 얼마든지 진출이 가능하지 않겠는가?

물론 그 이후에는 다른 사업에도 진출할 것이다.

그리고 그 돈으로 인간 연단로를 늘이고 절정고수의 수를 더더욱 많이 확보한다.

목표는 삼천여 명의 절정고수를 확보하는 것.

그것으로 황밀교 전체를 개박살 내고 만다!

이미 황밀교의 수족으로 움직이던 두 개의 축을 박살 냈다.

물론 이렇다고 해서 황밀교에 큰 타격이 간 것은 아니다.

그들의 전력 중 일 할 정도가 사라진 것뿐, 아직도 갈 길은 멀다.

하지만… 시간은 장호의 편이었다.

"하지만 주의해 주시면 좋겠습니다. 문주님께서는 충분히 강하시지만… 아직 본 문은 준비가 안 되었으니까요."

"그 준비 때문에 날뛰는 거니까 걱정 마. 어차피 시간은 꽤

남았으니까. 팔아치우는 대로 각종 희귀한 약초 싹 쓸어버
려."

"알겠습니다."

"그리고… 이대로 본문으로 돌아가 버리자고."

"예, 준비해 두죠."

"오자마자 일을 시켜서 미안해."

"아닙니다. 저는 문주님께 봉사를 하는 것이 가장 큰 기쁨
이니까요."

임진연의 색기 어린 미소를 보면서 어째서인지 장호는 소
름이 돋았다.

내가 임진연을 총관으로 받은 게 잘한 일일까?

*　　　*　　　*

임진연은 의선문 선외단 일천여 명이 움직이고 나서 바로
움직였다.

전투에 그리 오래 걸리지 않을 거라고 보았고, 때문에 임진
연은 미리 남녕에 도착해서 사업을 조사하던 차이다.

시령각을 와해시키고 바로 사업 정리에 들어간 것도 바로
그런 과정 때문이다.

여하튼 조속하게 사업권을 팔아 넘겼다.

의신문의 이름.

도찰원 소속이라는 이름.

이 두 가지 이름 앞에서 사람들은 나약했다. 그래서 급매로 파는 것임에도 당초 예상한 금자 십이만 냥이 아닌 금자 십오만 냥을 받아낼 수 있다.

물론 이 사업체들은 남녕과 광서성의 여러 사업가, 부호, 상인들에게 팔린 것이다.

그 뒤에 남은 것은 풍비박산 난 광서성의 강호였다.

그곳에는 무림맹의 사람들이 빠르게 이동하고 있었다.

그리고 그 무림맹의 무리에는 장호와 인연이 제법 깊은 사람도 한 명 있었다.

두두두두두!

무림맹.

구파일방, 오대세가.

정파의 기둥이라고 부르는 거대한 문파들을 칭한다.

이들에 비하면 흑사칠문의 세력은 사실 그리 크다고 할 수 없다.

하지만 이들 구파일방과 오대세가는 그들의 이권 때문에 서로가 서로를 발목 잡는 형태로 되어 있다.

때문에 흑사칠문의 영역을 대놓고 공격하지 못하였고, 나름 천하에 균형이 잡혀 있는 셈이다.

또한 구파일방과 오대세가들의 경우, 한 지역에 세 개, 혹은 네 개의 문파가 자리하는 경우도 흔하다.

그래서 더더욱 서로의 이권 문제로 자잘하게 다투고는 했다.

사실상 그것이 지극히 지루하고 비효율적인 정치적인 행동들을 낳았기에 흑사칠문이 존재하게 된 것이다.

그런 무림맹에는 여러 가지 조직이 있다.

거대한 조직이니 그거야 당연한 일이 아니겠는가?

그중 용봉단이라는 곳이 있다.

정파무림의 신진 고수들로 채워진 곳으로, 일전 용봉비무대회에서 우수한 성적을 거둔 이들이 속해 있다.

그리고 그곳에는 장호와도 밀접한 관계가 있는 인물이 한 명 있었다.

선검문의 전인 진무룡.

그가 강호에 출도하여 이 용봉비무대회에서 우승을 한 것이다.

선검문의 비전절기 선검십이식은 과연 강력했다.

진무룡은 젊은 나이임에도 강기를 다룰 줄 알았고, 최고의 기재로 평가받게 된다.

때문에 그가 용봉단의 단주가 되는 것은 이상한 일이 아니었다.

장호도 이 사실은 이미 알고 있었다.

장호의 나이가 이제 스물둘이고, 진무룡은 그보다 어린 열여덟의 나이다.

소년 영웅이라고 해도 과언이 아닐 능력을 가진 것이 바로 진무룡이었다.

물론 그의 진실된 나이는 그리 중요한 것은 아닐 것이다. 어차피 겉으로는 이십 대 초반으로 보이니까.

장호는 그런 것에는 그다지 신경 쓰지 않았다.

사실, 이번 용봉비무대회에 진무룡이 나타난 것은 본래보다 빨랐다.

용봉비무대회는 사 년에 한 번씩 개최되는데, 다음 용봉비무대회에 진무룡이 나타나기 때문이다.

이는 장호가 바꾼 미래가 영향을 끼쳤다는 것이다.

하지만 단지 그뿐이다.

장호는 그에 대해서는 그리 신경 쓰지 않았다.

둘의 사이는 그리 친밀한 것도 아니었으며, 그리 교감이 깊지도 않았으니까.

공적인 관계.

딱 그 정도였다.

하지만 진무룡의 등장은 확실히 도움이 된다.

선검문의 무공은 신공절학에 속하였고, 그런 무공을 극성

으로 익힌 젊은 천재 영웅의 등장은 이후 황밀교와의 전쟁에
도움이 될 테니까.

다만 그런 진무룡이 용봉단주로서 용봉단을 이끌고 광서
성으로 올 줄은 장호도 예상하지 못했다.

두두두두두두.

말이 쾌속하게 관도를 내달린다.

잘 포장된 것은 아니지만, 최소한 잡초나 돌멩이 따위가 굴
러다니지는 않는 관도를 따라 수십 기의 말이 달리자 먼지구
름이 뿌옇게 일어났다.

그 수는 정확히 쉰다섯.

말 위에 탄 모두가 젊고 강인한 이들이었다.

사실 그럴 만도 했다.

사천성에서 숭산 소림사가 있는 지역까지 가는 것은 쉬운
여정이 아니었으니까.

황밀교가 은밀하게 펼친 천라지망과 후기지수 사냥.

그 전투에서 살아남아 용봉비무대회에 출진, 그리고 입상
한 이들이 과연 허술한 이겠는가?

사천성뿐만이 아니다.

다른 지역에서 소림사로 향하는 행렬도 여기저기에서 습
격이 있었다.

그리고 그때 죽은 이가 아주 많았다.

당시에도 그 때문에 무림맹은 꽤나 시끄러웠다.

많은 후기지수가 죽었으니 당연히 시끄러울 수밖에.

그러나 정치라는 것은 언제나 더러운 법이다.

내부에서 이래저래 시끄러웠지만 결국 뭐 하나 결론 나지 않은 채로 조사단만 만들어지고서는 흐지부지되었다.

덕분에 무림맹의 면은 땅에 떨어지고, 결론적으로 피해를 입은 문파들이 자체적으로 조사를 하게 된다.

개방이 여기서 꽤나 노력을 했지만, 그런 여러 과정 때문에 시간이 지체된 탓인지 결과적으로 습격자들에 대한 추적은 실패하고 만다.

습격한 무인들을 찾아내고 취조했지만 전부 돈을 받고 움직인 낭인들뿐, 의뢰주가 누구인지는 제대로 찾아내지 못한 것이다.

암류가 있다.

무림맹에 속한 이들은 그걸 느꼈다.

하지만 눈앞의 이익이 먼저다.

때문에 무림맹에 속한 이들은 화합하지 못하고 겉돌게 된다.

그리고 결과적으로 황밀교의 난 때까지도 흑사칠문이 살아남는 결과를 만들었다.

아니 흑사칠문뿐만이 아니다.

혹사칠문에 속하지는 않지만, 거대한 사파로서 자립하고 있는 세 개의 문파도 살아남는다.

녹림십팔채.

황하수로십육채와 장강수로십팔채.

녹림은 산길을 지배하고, 수로채는 물길을 지배한다.

황하수로십육채와 장강수로십팔채는 어찌 보면 닮은 것 같지만 서로 다른 집단이다.

왜냐하면 황하강과 장강의 줄기가 다르기 때문.

여하튼 이 세 문파는 사실 해사방보다도 더 많은 문도를 보유한 집단이었다.

이들도 황밀교의 난이 터지고 나서는 황밀교에 붙는다.

사실 녹림은 그럴 만하다.

애초에 녹림도 자체가 아주 먼 옛날 전쟁에 패한 왕국의 왕족이나 호족들이 산으로 들어가 생겨났기 때문이다.

지금도 녹림은 그런 도피처로서 훌륭하다.

반역자로 낙인찍힌 자, 누명을 쓰고 몰락한 자, 강호의 암계에 휘말린 자.

그런 자들이 최종적으로 모이는 곳이 녹림이요, 수로채였다.

그러니 이들이 황밀교와 같이하는 것은 그리 이상한 일은 아니다.

애초에 체제 전복을 들고 나온 혁명 집단이니, 기득권층을 갈아버리고 하층 집단과 손잡는 게 당연한 일 아닌가?

여하튼 그런 역사의 과정 속에서 혈로를 걸을 용봉단원 쉰다섯은 지금 말을 달리고 있는 중이다.

이들은 처음에는 배를 탔고, 남녕 근방에서 내려서는 이제는 육로로 이동 중이다.

이들의 선두에는 진무룡이 있었다.

젊은 나이에 초절정의 끝에 도달한 인물.

내공이 심후하며 검강을 사용하는 젊은 영웅!

그리고 그가 말을 달리는 것을 멀리서 지켜보고 있는 이가 한 명 있었다.

"이야, 언제 봐도 잘생겼단 말이야."

"누구를 말씀하시는 건가요?"

"저기 저거, 저놈 말야. 성문 밖에서 말 타고 오는 놈 중에 선두에 선 놈."

장호가 손가락질을 한다.

그는 팔 층 높이의 전각에서 창문 밖으로 고개를 내밀고 있는 중이었다.

그러다 보니 남녕 성벽의 밖에서 말을 타고 달려오는 이들을 볼 수 있었는데, 그의 시력이 엄청나다 보니 진무룡을 확실하게 포착해 낼 수 있었다.

"일단의 무리밖에 안 보이네요."

"뭐, 어차피 보게 될 거야. 진무룡이라는 녀석인데, 되게 잘난 놈이니까."

"아, 용봉비무대회 우승자 말씀이시군요. 그를 아시나요?"

임진연의 질문에 장호가 피식 웃는다.

"안다면 안다고 할 수 있지. 모르면 모르고."

장호의 말을 임진연이 이해할 수는 없었다.

"일단 저놈들이 오는 것도 계획대로구먼."

"예."

"그나저나 암중 세력은 이제 숨을 모양인가 봐. 내가 이렇게 흔드는데 조용한 것을 보면."

장호가 느릿하게 말했다.

저 멀리 말들이 달려온다.

진무룡이라… 정말 오랜만이로군. 십 년 만인가… 아니, 더 되었지.

"너무 흔드셨으니까요. 이렇게 세상의 눈이 주시되고 있으면 누구도 나타나지 않을 걸요?"

장호의 말에 임진연은 두루마리를 들여다보면서 대답한다.

"그건 그렇긴 한데……."

장호가 말을 흐렸다.

그리고 드디어 말이 남녕 성벽에 도착한 것을 보았다.

"여하튼… 무림맹이 움직였으니, 우리로서는 아주 좋은 일이지. 안 그런가?"

"당연한 일이에요. 무림맹은 정의가 아닌 이익에 의해서 묶인 집단이니 이권이 걸린 이번 일에 나오지 않을 수 없을 테니까요."

임진연이 입술을 예쁘게 삐죽거린다.

미녀가 심통 난 것 같은 모습에 장호는 쓰게 웃었다.

임진연은 더더욱 아름다워지고, 동시에 기괴해지고 있다.

어쩌면 이제 여성과 성관계를 하며 내공을 모을 필요가 없음에도 남성과 관계를 하고 있을지도 모를 일이다.

나중에는 채양보음의 수법을 배운다고 할지도 모른다.

"그러면, 무림맹은 또 뭐를 뱉어내려나?"

"아무것도 안 주려고 할걸요?"

"그렇겠지. 위선을 떨며 정의라는 이름 아래에 이권을 추구하는 것이 저들 일이니까."

때문에 황밀교의 난 때 구파일방과 오대세가 중 많은 곳이 단번에 무너진다.

그 이후에 위기를 느낀 무림맹이 체계를 정비하고 나서야 좀 싸워볼 만했다.

물론 그렇게 싸우는 와중에 결국에는 당해 버렸지만.

그래서 그들의 의표를 찌르고, 그들을 물리칠 기회를 얻기 위해서 장호가 끼어들게 된다.

진무룡, 제갈화린, 두 명을 주축으로 한 특공대가 조직된 셈이다.

지금도 장호는 자신이 특공대에 가지 않았으면 하고 생각하고는 한다.

그랬다면… 황밀교와 무림맹의 전쟁에서 쓸데없이 목숨을 잃지 않았을 텐데.

"황밀교라고 하셨죠?"

"맞아."

"문주님께서는… 그들에게 악감정은 없다고 하셨잖아요. 왜 이렇게까지 하시는 거죠?"

"그들이 날 공격할 테니까."

장호가 황밀교를 타파하려는 건 별다른 이유가 있어서가 아니다.

그들이 어떻게든 자신을 공격할 테니까.

그래서 그런 것뿐이다.

이른바 선제공격.

사마밀환이라는 기물에 의해서 과거로 회귀한 시점부터 장호는 그것을 분명히 인지했다.

의무쌍수 정도의 수준으로만 지내고 무림맹과의 접점을

없앤다.

그 정도면 황밀교나 무림맹의 전쟁에 개입하지 않을 수도 있었다.

하지만 그것은 불안한 평화다.

힘이 없다면 타인에게 휘둘리게 되니까.

언제 죽을지도 모른다.

그래서 장호는 힘을 가지는 길을 선택했다.

그리고 이 길은 반드시 황밀교와 대립하게 된다. 황밀교는 고수인 장호를 내버려 두지 않을 테니까.

그들은 강호전복을 원하는 이들.

그리고 이 명 제국을 멸망시키고 새로운 신제국을 설립하려는 자들이다.

그러니 장호에게 선택지가 남았을 리가 있겠는가.

"자, 그러면 우리는 준비한 대로 연극을 해보자고."

"예."

第十二章

거래

상인은 이문을 위해서 거래를 한다.

간단한 이치

"만나서 반갑소. 의선문의 문주인 장호요."

장호는 가볍게 포권을 해 보인다.

허리는 숙이지 않았고, 머리도 숙이지 않고 슬쩍 흔들었을 뿐이다.

이는 강호의 선배가 후배들에게 인사할 때 보통 사용하는 그런 행동들이었다.

물론 이런 행동은 장호의 입장에서는 당연하다.

용봉비무대회의 우승자, 준 우승자, 그리고 상위 서열에 들어선 자들.

이들은 명문 대파의 제자이거나 명문세가의 자식들이다.

즉 대단한 배경을 가진 이들이라는 것이다.

하지만 이들이 장호보다 나이가 한두 살 많을지라도, 강호 서열상 장호가 우위에 있다.

일단 한 문파의 종주인 것도 중요하지만, 의선문은 명문 대파들도 경계해야 할 정도로 거대한 세력을 갖춘 문파였기 때문이다.

거대 문파의 주인!

그런 자의 행동으로 어울리는 예법이라고 할까?

"무림말학 진무룡이 의선문주님을 뵙습니다. 소생은 미력하나마 무림맹의 용봉단주의 직함을 제수받았습니다. 앞으로 많은 지도 편달을 부탁드립니다."

진무룡.

그가 고개를 숙이며 포권을 해 보인다.

장호는 그런 잘생긴 미공자의 행동에 속으로 쓴웃음을 지었다.

그와의 인연은 확실히 가벼운 것은 아니다.

하지만 지금 상태를 보아하니 진무룡은 과거로 회귀한 기억이 조금도 없는 모양이었다.

"본 문은 무림맹의 사람들을 환영하오. 먼 길을 달려왔을 것으로 아는데, 우선 휴식을 취함이 어떠하오?"

장호의 말에 진무룡은 포권을 풀며 바로 선다. 그리고는 진지한 기색으로 말을 시작했다.

"무림맹에서는 의선문의 행동에 큰 우려를 가지고 있습니다. 때문에 조속히 논의를 거치고 이 일의 결말을 짓기를 원하고 있습니다."

"무림맹? 흐음, 일단 어떤 종류의 우려인지 알 수 있겠소?"

"정사전쟁으로의 단초가 될 것을 우려하고 있는 상태입니다."

"정사전쟁이라……."

이건 확실히 우려할 만하다.

사실 흑사칠문과 녹림, 황하수로, 장갈수로의 세력을 모두 놓고 보면 정사의 세력은 비등하다.

운남 오독문과 광서 시령각이 무너졌기에 무게추가 무림맹 쪽으로 기울었다지만, 정사전쟁이 발발하면 어디든 큰 피해를 입을 것은 자명한 사실.

하지만.

강호인은 전쟁을 두려워할 사람들이 아니다.

도리어 자기의 존재 가치를 증명해 보이겠다고 날뛰는 것이 보통.

그럼에도 전쟁이 일어나지 않는 것은 손해 때문이다.

어떤 문파는 당연히 전쟁에서 선봉에 설 것이고, 피해를 입은 집단은 손해를 얻게 된다.

이는 약육강식의 강호에서는 해서는 안 되는 행동이었다.

"본 문의 행동이 정사전쟁의 빌미가 될 수 있다… 확실히 그럴 수도 있지."

장호는 간단하게 긍정했다.

사실 정사전쟁 일어나라고 부추기는 행동을 장호가 직접 계획했기 때문이다.

이 와중에 황밀교가 나타나면 좋고, 아니면 말고.

어차피 자기야 미래의 적이 될 자들을 쓸어버리고 돈도 챙길 수 있으니 일석이조 아니겠는가?

이번 일의 뒤처리를 무림맹에 떠넘기면 일석삼조의 효과를 볼 것이다.

"하지만, 본 문은 강호의 다른 문파들과는 궤를 달리한다는 것을 무림맹에서도 알 것이오. 그리고 그 사실은 진 소협도 잘 아리라고 믿소."

의선문.

확실히 다른 문파들과는 완전히 노선 자체가 달랐다.

의방 사업을 중심으로 하는 문파이며, 대량의 농지를 개간하여 토호로서도 활동한다.

그뿐인가?

자체적으로 약재를 재배하고, 유통하면서 곡물 유통업에서도 무서운 속도로 성장했다.

그런 여러 사업을 보호하고, 특히 그들이 소유한 토지를 방비하기 위해서 대량의 무인을 육성한다.

이는 문파의 행동이라기보다는 관인, 혹은 지방 호족의 행동에 가까운 행동이었다.

일반인의 사병 육성은 금지되어 있지만, 무림 문파는 그런 제한에서 빗겨 나가 있기에 가능한 일.

즉 의선문은 강호의 문파이지만, 전혀 강호 문파답지 않은 곳이었다.

애초에 의선문은 다른 문파들처럼 제자를 뽑아서 육성하지도 않는다.

돈으로 문도를 고용하고, 그들에게 철저한 계약관계를 요구한다.

그 계약관계에 의해서 의선문에 들어간 이들은 완전히 의선문도로 탈바꿈하는 것이다.

이 체계는 표국과 닮았으니, 그렇게까지 이상할 일은 없었다.

하지만 이것도 다른 문파들이 보기에는 기괴한 것이었다.

표국은 애초에 문파에 속하지만, 문파가 아니기도 하다.

그러니 이런 체계로 저렇게 거대해진 의선문이 기괴할 수밖에.

"그런 본 문의 행동이 정사전쟁의 시발점이 될 거라고 나는 생각지 않소. 물론 그럴 수도 있지만… 무림맹이든 흑사칠문이든 서로 전쟁을 해서 남는 게 없을 텐데?"

"그런 사항에 대해서는 소생도 아는 바가 없어 대답을 드리기 곤란합니다."

"그렇구려. 그러면… 일단 무림맹에서는 어떻게 하고 싶다는 것이오?"

"광서성에 무림맹의 지부를 설치했으면 합니다."

"이곳에 무림맹의 지부를 설치한다? 그건 그냥 무림맹의 뜻대로 하면 될 것 아니오?"

장호의 말에 진무룡은 진지한 눈으로 장호를 바라보았다.

"진정으로 하시는 말씀이십니까?"

"물론 진정이오. 무림맹이 광서성에서 세력을 떨치든 말든 본 문과는 그다지 큰 상관이 없으니까."

"그 말씀은……."

"본 문은 이미 시령각의 사업체를 전부 팔았소. 금자로 십오만 냥 정도 나오더군."

장호의 말에 진무룡이 조금 놀란 표정이 되었다.

"그 외에도 자잘하게 사파들의 사업권을 팔아서 대략 금자이만 냥을 추가로 확보했소. 그 외에 현철 같은 것들도 좀 얻었지만… 여하튼 본 문은 이제 이 광서성에서 철수할 거라 이 거요. 무림맹이 이곳에 와서 무슨 일을 하든 본 문과는 상관없다는 거지."

"광… 광서성을 그냥 무주공산으로 두실 생각이십니까? 그렇다면 왜……."

왜 광서성의 시령각을 무너뜨렸느냐?

그런 질문에 장호가 피식 웃었다.

"본 문은 의료행을 했을 뿐이오. 그리고 그걸 시령각이 공격했고, 그들은 그 대가를 치렀지. 단지 그뿐. 그리고 강호의 관례에 따라 승자는 패자의 것을 마음대로 할 수 있지 않소? 그 결과가 이거요. 다만 여기는 본 문과는 너무 멀지. 그래서 몽땅 돈으로 바꾼 것이오. 의료행이 끝나는 대로 본 문은 다시 북상할 거요. 의료행을 하면서."

장호의 말에 진무룡은 확실히 멍한 표정이 되었다.

땅과 세력권에 집착하는 것이 무림맹뿐이던가?

아니다.

문파의 주인들은 모두 세력권을 중요시 여긴다. 자신들의 지배 영역이니까.

그런데 장호는 그런 건 아무래도 좋다는 태도다.

광서성의 시령각을 쓸어버렸지만, 이곳에 의선문의 지배 영역을 만들 생각이 조금도 없다는 뜻이다.

"쯧쯧, 강호인들이 전부 그렇긴 하지만… 용봉단주 그대가 그런 생각을 할 줄은 몰랐소. 실망이군."

"소생에게 실망이라는 말에는 저도 뭐라 드릴 말씀이 없습니다. 하지만 강호동도들이 모두 그렇다는 것은 어떤 의미이십니까?"

"지배 영역이라는 건 부질없는 것이오. 토지의 주인이라면 모르겠지만, 상인과 의원에게 그런 경계는 아무 의미 없지. 애초에 상인과 의원은 한 영역의 주인과 거래를 하고 지나가는 자들이 아니오? 본 문이 산서성 최대 문파로 떠오르긴 했지만, 그렇다고 본 문이 산서성 전체에서 세금을 걷는 것도 아닌데 대체 영역에 무슨 의미가 있을까?"

장호의 말에 진무룡은 번개를 맞은 듯 꼼짝도 할 수가 없었다.

진무룡은 선검문의 전인으로 강호의 규칙에 대해서 교육받아 왔다.

문파에게 지배 영역은 아주 중요한 영역이라는 것도 본능적으로 배운 바가 있다.

그러나 그런 규칙을 장호는 아무렇지도 않게 생각하는 것이다.

"포목점과 정육점이 서로 하는 바가 다른데 신경을 쓰려고 하는 게 문제이지. 그런 의미에서 본 문의 행위는 어차피 강

호의 일과는 관계가 없소. 시령각도 그런 의미라오. 그들이
본 문을 공격했지 않은가? 그것도 명분 없이. 그건 도적이나
다를 바가 없는 것이고, 대명률에 의하면 도적은 즉결참형을
구가해도 상관이 없소."

거대 문파인 시령각을 한낱 도적 떼로 만드는 발언이었다.

"물론 강호의 일반적인 시각에서 보면 본 문의 행위는 돌
출되어 있겠지만… 그런 거야 본 문과 하등 상관이 없소. 그
렇기 때문에 더더욱 본 문은 시령각의 재산만 처분하고 되돌
아갈 것이요."

장호의 거침없는 말에 진무룡은 눈을 슬쩍 찡그리고는 생
각에 잠긴다.

머리가 복잡한 것이다.

"여하튼… 무림맹이 이 광서성에 지부를 설치하든 말든 본
문과 본인은 신경 쓰지 않을 거요. 어차피 우리는 철수할 테
니까."

무림맹의 속셈.

그걸 장호가 모를 리가 없다.

시령각을 무너뜨린 것이 의선문이니, 의선문이 일단 광서
성을 지배하게 놔둔다.

그러나 무림맹의 지부를 설치함으로써 무림맹의 이름으로
이권을 침탈하겠다는 의도다.

의선문의 본진인 산서성과 여기는 거리가 멀기 때문에, 무림맹은 충분히 이권을 탐할 수 있으리라고 여겼다.

　장호는 그런 무림맹을 비웃고서 그대로 물러나기로 결정했다.

　한 번 출진하여 별다른 사상자도 없이 금자 십칠만 냥을 얻었으니 이거야말로 진짜 남는 장사가 아니겠는가?

　백린을 준비하는 데 금자 만 냥을 사용했는데, 그래도 무척이나 남는 장사였다.

　보통 문파라면 이권 전체를 집어삼키고 지속적으로 이익을 얻었을 터이나, 장호는 그냥 처분했다.

　적어도 광서성을 오 년은 지배해야 얻을 수 있는 수익을 단번에 땡긴 것이다.

　"그러니 알아서들 해보시구려. 다만 본 문은 아직 무림맹에 가맹하지 않았고, 어떤 의무와 권리도 주고받지 않았으니 도움을 줄 수 없소."

　장호의 단호한 말에 진무룡은 후우! 하고 한숨을 내쉬었다.

　"문주님의 결정은 잘 알겠습니다."

　그렇게 회담은 짧게 끝났다.

　그리고 이는 다시 한 번 큰 파장을 일으키게 된다.

*　　*　　*

장호는 분명 무림맹에 지부를 설치하든 말든 상관치 않겠다고 말했다.

하지만 시령각의 재산들까지 공짜로 넘길 수는 없는 일.

물론 여러 사업체는 다 팔아치웠지만, 시령각 본단은 아직 팔지 않았다.

이건 최후의 순간에나 팔아야 하기 때문이다.

시령각 본단은 남녕시의 서쪽에 위치했는데, 높다란 전각을 여섯 채나 가진 으리으리한 곳이었다.

크기도 거대하지만 화려하기까지 한 장원.

그렇기에 이 장원의 가격만 해도 금자로 만 냥의 값어치가 있다고 할 수 있었다.

무림맹에서는 이 장원을 지부로 쓰고 싶다고 의사를 표명해 왔다. 물론 공짜로 말이다.

하지만 장호가 공짜로 이 장원을 내줄 리가 만무하지 않은가?

그런 의미에서 진무룡은 확실히 제대로 된 협상가는 아니었다.

때문에 용봉단의 부단주가 나섰다.

용봉단의 부단주는 모용세가의 여식으로 모용경이라는 이름을 가진 아름다운 미녀였다.

"용봉단의 부단주의 직책을 가진 모용경이라고 합니다."

"만나서 반갑소, 모용 부단주. 본인은 의선문의 문주인 장호라고 하오."

장호와 만난 모용경.

그녀에 대해서는 장호도 잘 안다. 앞으로 십 년 후에는 그녀도 관록이 붙은 강호인이 된다.

모용세가의 지낭이라는 별칭으로 불리며, 무림맹을 규합하는 데 큰 활동을 하는 것이다.

하지만 그래서?

장호는 그녀에 대해서 별다른 관심이 없다.

전생에도 그랬고, 지금도 그렇다.

어차피 장호는 자신의 안위와 형제들의 안위만 챙기면 된다. 사실 그를 위해서 따로 손을 써둔 바도 있다.

둘째 형의 주변에는 의선문의 문도들이 삼중으로 호위를 하고 있다.

물론 둘째 형 모르게.

화산파에는 제법 많은 기부금을 들이부었다.

그리고 첫째 형에 관한 정보는 늘 실시간으로 장호에게 전달되는 중이다.

물론 중원은 넓다. 때문에 시간 차가 존재하지만, 그것만 해도 엄청난 일이었다.

돈이면 귀신도 부린다고 한다.

돈이 많은 장호에게 그런 일들은 그리 어렵지 않았다.

"무슨 일로 본문주를 보자고 하였소? 본인이 현재 할 일이 없이 놀고 있는 중이긴 하지만 말이오."

장호는 실제로 할 일이 없다.

팔아넘긴 사업체들에 대한 금전을 임진연이 돌아다니면서 받아내고 있었으니까.

게다가 의선문도들도 할 일은 딱히 없었다. 무공을 수련하면서 적당히 지내는 것이 다이다.

그러나 의원들은 바빴다.

남녕에도 무료 의료 시술소를 차리고 사람들을 치료했기 때문이다.

그런 행동 때문에 의선문은 남녕에서 최고의 인기를 구가하는 중이다.

"문주님께서 이 남녕을 떠나신다고 하여 뵙고자 청했습니다. 이 시령각의 장원을 무림맹에 넘겨주실 수는 없으신지 의중을 여쭙고자 합니다."

"넘겨달라? 이 장원의 시세가 금자로 만 냥 정도는 하는 걸 알고 있소? 이 남녕시의 부호 중에서 이 장원을 탐내지 않는 이가 없더군. 이틀 전에는 절도사로 계신 진 대인이 와서는 이걸 팔아달라 하였소."

광서성 절도사!

각 지역에는 그 지역의 군권을 총괄하는 절도사가 있다.

군권을 총괄하는 이 절도사들은 이른바 지역의 군벌 세력.

또한 한 성의 행정에도 크나큰 영향을 미친다.

예를 들어 중원의 최대 부역 중 하나가 바로 군역이다.

일정 이상의 나이를 가진 남자는 무조건 군대에 가야만 했다. 군역을 거부하면 그것은 바로 반역으로 처리하여 그 일가를 노비로 삼아버리는 것이다.

물론 법이 그렇다는 거고, 무조건 군역을 치르게 하는 건 아니다.

군역 면제비라고 하여, 이를 내면 해결할 수가 있다.

사실 모든 이를 징집해서 군대로 넣는다면 이거야말로 낭비가 아니겠나?

두당 은자 열 냥.

군역 면제비는 보통 그런 식으로 걷어진다.

지역의 군관들은 이 군역 면제비로 군대를 꾸리고 유지하는데, 이 군역을 부과하는 일에는 군관과 병졸이 아닌 행정력의 일환인 현령들이 나선다.

현령과 그 밑의 군관 세력이 아닌 별도의 준군사 조직인 포두아문(포두 및 포졸이 소속된 치안 병력)이 움직이는 것이다.

이들이 군역을 부과하고, 그 돈을 걷어 현령에게 전달하는 것이다.

그러면 현령은 다시금 이걸 위호소라고 부르는 지방 군관련 하부 조직에 보낸다.

이들은 그 위에 백호소와 천호소로 돈을 보내고, 최종적으로는 절도사에게 돈이 도달하는 것이다.

그러면 이 많은 단계를 거치는 돈들이 제대로 전달이 될까?

아니다.

부패가 횡행하는 현재의 명 제국에서 이러한 돈들은 중간에 착복하는 이가 수두룩했다.

그렇기 때문에 절도사가 행정 관리들에게 영향력을 행사할 수 있는 것이다.

왜냐하면, 군역에 관하여 발생하는 비리의 수익금을 행정 관리들이 중간에 일부 착복하는 것을 이미 알기 때문이다.

그걸 들추면 반역에 준하는 죄로 행정 관리들을 모조리 잡아 가둘 수가 있다.

그뿐인가? 목을 베어내고, 일가를 노비로 팔아버리며, 그 재산을 압류할 수 있는 것이다.

물론 그렇게 하는 것보다 내버려 두고 적당히 말 잘 듣게 하면서 돈을 뜯어내는 것이 절도사에게는 이익이다.

그래서 현재의 체계가 그대로 유지가 되는 것이다.

여하튼 그런 이유로 절도사는 한 지역의 왕이나 다름없고, 군벌 세력의 중심이 될 수 있었다.

진 대인이라는 자도 그런 자였다.

그는 광서성의 지배자였고, 시령각이 무너지기 전까지는 시령각과 공생관계였다.

그런 자가 장호를 찾아와 시령각의 장원을 내어달라는 말을 했다는 것은 서로 손을 잡자는 의미이기도 했다.

손을 잡는 대가로 장원을 넘겨라.

간단한 이야기 아닌가?

장호는 그 점을 슬그머니 언급한 셈이었다.

그리고 모용경은 그런 장호의 의도를 단번에 알아차렸다.

장호는 무상으로 넘겨줄 수 없다고 말하고 있었다.

금자 만 냥이란 그냥 속물적인 예시에 불과하다. 더 많은 것을 내어놓아라! 그런 압박이었던 것이다.

모용경은 속으로 의선문주가 대단함을 인정했다.

확실히 저런 거대 세력을 단번에 만들었다는 사실 때문에라도 그를 얕보지는 않았다.

하나, 이런 정략적인 부분에서도 대단한 수완을 발휘할 줄이야.

"저로서는 큰 권한이 없습니다, 문주님. 무엇을 원하시는

지 그 의중을 알 수 있을까요?"

"무림맹의 영역 내에서 자유롭게 의방을 설립하고, 그를 위한 보호 무력 조직을 움직일 권한을 주시오. 대신… 절대로 선제공격은 하지 않도록 하지. 어떻소? 어차피 의방을 비롯한 의약 사업 쪽에 손을 대고 있는 문파는 없는 것으로 아오만?"

이건가.

모용경은 장호가 어떤 걸 원하는지 알았다.

합법적으로, 그리고 누구의 견제도 받지 않고서 세력을 키울 수 있는 수단!

확실히 의약 사업 쪽은 사천당가와 제갈세가를 제외하면 그 어디도 손을 대고 있지 않고 있다.

즉 이권에 충돌이 일어나지 않는다는 거다.

하지만 무력 조직을 마음껏 움직인다는 것은 확실히 문제가 될 요지가 있었다.

"맹의 소식을 기다려도 되겠습니까?"

"보름 정도는 기다려 줄 수 있소. 안 그러면 팔아버리고 떠날 것이오."

"알겠습니다."

그렇게 논의는 끝났다.

하지만… 무림맹은 장호의 제안을 받아들일 것이다.

그들에게 광서성은 아주 크게 탐나는 먹이니까.

＊　　　＊　　　＊

장호, 그리고 의선문 선외단.

이들은 한 달의 여정을 거쳐 다시금 본진인 산서성에 돌아
왔다.

그사이에 장호가 얻은 것은 무궁무진하다.

일단 어마어마한 자금을 확보했다.

그렇지 않아도 돈이 많던 의선문이다.

지금은 산서성 제일의 부호가 아니라, 중원 전체에서도 손
에 꼽히는 부호라고 할 만했다.

금마장과 석가장 정도만이 장호보다 더 부자일 것이라는
말이 공공연하게 나돌 정도였다.

"스승님!"

"오냐, 오냐."

장호는 다 큰 처자가 되어서는 애처럼 안겨드는 첫째 이연
을 안아주며 머리를 쓰다듬어 주었다.

남들이 빤히 보고 있지만, 뭐 그런 거야 어떠랴 싶다.

"그래, 큰일은 없었느냐?"

"아무 일도 없었어요. 하지만 스승님, 그렇게 위험한 일을

하시면…….."

"하하하하. 위험하기는 누가 위험하다는 거냐? 내가 승산 없는 일을 할 리가 없지 않느냐. 자자, 들어가자꾸나. 내가 없는 동안 무슨 일이 있었는지 들어보자."

육 개월이다.

장호가 의선문을 나선 시간이 육 개월이라는 의미다.

그간 의선문 자체에는 큰 변화가 있었던 것은 아니다.

그저 선외단원을 확충하고 지금은 거의 사천여 명에 달하는 무인을 보유하고 있다는 것 정도가 다일 터다.

즉 의원도 확충하고 무인도 확충했다. 딱 그 정도다.

물론 이것은 다른 문파에게는 엄청 빠른 속도로 보일 것이나, 실제로 그리 대단한 일은 아니다.

왜냐하면 의선문이 가진 재력은 상상을 초월하니까.

기실 만 명의 무인을 고용하여 감당한다는 그러한 발상을 이미 현실화시킬 수 있는 재력을 가지고 있었다.

그렇다.

완전히 지방의 군벌 세력화 된 것이다.

전원 무인인 군벌 세력!

물론 이 사실을 눈치챈 자는 아직 거의 없었다.

그리고 알아도 딱히 의미는 없었다.

의선문은 전방위적으로 뇌물 수수 작업을 하고 있었기 때문이다.

일단 의선문은 강자다.

그리고 하급 관리들은 의선문에게 뭐라고 할 수 없다. 왜냐면 의선문주인 장호가 도찰원 소속의 감찰사자이기 때문이다.

물론 명예직이지만, 실권이 아예 없는 것도 아닌지라 장호를 견제할 만한 하위 관리는 없었다.

그런데 의선문은 고위직에게는 꽤나 뇌물을 많이 살포했다.

물론 그냥 살포만 한 건 아니다.

뇌물을 살포하면서 그들과 같이 이익을 빼먹을 수 있는 사업도 몇 가지 시작했다.

전형적인 정경유착이다.

그리고 이런 정경유착이 일어나면 결속은 어마어마하게 단단해진다.

즉 장호는 황궁의 정치권에 우호 세력을 상당히 갖추게 된 셈이었다.

물론 우호 세력을 가지면 적대 세력도 생기게 마련.

파벌이라는 건 괜히 있는 것이 아니니까 말이다.

하지만 그럼에도 장호의 세력은 굳건해져 있었다.

강호는 무력, 권력, 재력의 세 가지를 두루 갖추었기 때문이다. 특히 재력과 무력은 어마어마한 수준일 정도다.

"방주님을 뵙습니다."

"내가 없는 동안 일은 없었습니까?"

유병건 총관이 장호를 맞이한다.

"예, 조용했습니다. 지시하신 일은 모두 완수하였고, 현재는 현상 유지를 하고 있습니다."

"무인의 확충은 어찌 되어가고 있습니까?"

"현재 낭인들을 계속해서 고용 중에 있습니다."

"더 고용하도록 하세요. 수를 불리는 것은 중요한 일이니까요. 곧 정사전쟁이 발발할 수도 있습니다."

그전에 황밀교가 먼저 움직이겠지만.

장호는 속으로 그렇게 중얼거렸다.

"그나저나 이번에 제법 큰돈을 벌어 왔습니다."

"금마전장을 통해서 돈을 확인하고 빼두었습니다. 시령각이 상당히 알부자였던 모양입니다."

"정파보다 사파들이 더 부자니까요. 그자들은 피도 눈물도 없어서 빼먹을 것은 다 빼먹습니다."

"그러고도 사람이 살아간다는 게 참 용하군요."

"어디든 균형은 있으니까요. 그나저나… 지금 본 문이 보유한 자금이 어느 정도 됩니까?"

"자산 가치는 파악을 해보아야겠으나, 대략 금자 오십만 냥의 값어치를 가지고 있다고 보시면 됩니다. 그리고 현금으로는 문주님께서 보내 오신 것을 합하여 금자 이십오만 냥을 보유 중에 있습니다."

"흠. 진짜 어마어마한 양의 금액이군요. 월 소모 비용은 얼마입니까?"

"현재는 월 금자 만오천 냥을 쓰고 있고, 월 금자 사만 냥을 벌어들이는 중입니다. 순이익은 금자 이만오천 냥인데, 이중 오천 냥을 저축하고 나머지는 땅을 사들이는 것과 낭인의 고용 및 장비 확충 비용으로 사용 중입니다."

"땅은 얼마 정도 확보되었습니까?"

"람현과 태원 인근은 전부 사들였고, 이후로는 남쪽 방향에 있는 교성과 진중, 이 두 개의 소도시 쪽으로 땅을 사들이는 중입니다. 현재는… 저희 휘하에 소작농만 칠십만 명 정도가 자리 잡고 있는 중입니다."

"칠십만 명? 벌써 그리 모였습니까?"

"예. 황무지는 값이 저렴하기에 상당히 확보할 수 있었습니다. 그리고 그곳에서 일할 사람의 수도 기하급수적으로 늘어났지요. 덕분에 산서성에는 현재 유리걸식하는 이가 거의 없는 형편입니다. 있다면 개방의 거지들 정도겠지요."

땅.

그것은 이 중원에서 귀중한 가치를 지니고 있다. 농민들은 스스로의 땅은 목숨을 걸고 지키려고 들었으니까.

그런 땅을 황무지라고는 하지만 다수 확보하고, 거기에 유리걸식하는 빈민들을 고용하여 소작농으로 삼아 땅을 개간하게 만들었다.

그뿐이 아니다. 개간을 위해서 말을 다량 동원하였고, 그때문에 황무지 개간은 무척이나 빠르게 진행되었다.

또한 수로도 정비했다.

여기저기 흐르는 강물을 끌어다가 농업용수로 사용하기 위한 보를 만든 것이다.

기실 이런 일들은 명 제국의 관리들이 해야 할 일이다.

그러나 그들이 자신의 이익이 안 되는 일에 나설 리가 만무하지 않은가?

"그러면 더 이상의 농지를 늘리는 것은 의미가 없겠네요?"

"그렇습니다. 현재 산서성에는 더 이상 소작농으로 일할 수 있는 인력이 없다고 보아도 과언이 아닙니다. 다른 농가의 소작농을 데려오는 것이 아니라면 말입니다."

"다른 농가의 소작농을 데려온다?"

"문주님께서도 아시겠지만, 소작농으로 산다고 해서 결코 잘사는 것이 아닙니다."

"예. 잘 알고 있습니다. 몹시 빠듯하지요. 병에 걸리거나… 혹은 뭔가 사건이 일어나면 돈이 없어서 죽을 정도로 빠듯하죠."

장호는 소작농의 삶이 어떤 것인지 잘 알았다. 때문에 의선문은 소작농에 대한 대우를 제법 잘해주고 있었다.

보통 소작농들은 농작물의 칠 할을 지주에게 바친다.

소작농은 따로 세금을 낼 필요는 없는데, 이는 땅의 주인이 지주이기 때문이다.

즉 그 칠 할 안에 세금도 포함되어 있다고 보면 된다.

여하튼 소작농들은 늘 굶주린다. 하루 벌어서 하루 먹고 산다고 생각하면 될 것이다.

그러나 의선문은 농작물의 오 할만 가져간다.

즉 이 할의 차이가 있는 것이다.

이 정도만 해도 존경받는 지주 소리를 들을 만하지만, 의선문은 거기서 끝나지 않는다.

장호는 집을 대신 지어주고, 또한 수로를 정비하여 농사에 도움을 준다.

그뿐이 아니다. 곡물을 적절한 가격에 사주기도 하고, 여러 가지 거래를 활성화하여 이익을 주었다.

중고 가구 거래만 해도 그렇다.

소작농들의 생활의 질이 향상되고, 그들의 삶이 더 나아진다.

또한 아프면 의선문에서 거의 공짜로 치료도 해준다.

의식주에 대해서 의선문은 여러 가지를 해결해 주는 것이다!

그야말로 전에 비하면 천국에 가까운 생활이었다.

그뿐인가?

오성을 검사하여 재능있는 아이들은 의선문에서 문도로 뽑아 가기까지 했다.

그러니 의선문의 소작농들을 부러워하는 다른 소작농들이 생기는 것은 지나치게 당연한 일이었다.

소작농은 노예가 아니다.

빚이 없다면 언제든지 소작농을 그만둘 수가 있었다.

그리고 그에 따른 방해는 장호가 충분히 묵살할 수가 있다.

"그런 그들을 끌어들인다… 좋군요. 기존의 지주들과 토호들도 여러모로 압박할 수 있고 아주 좋습니다. 한번 계획을 진행해 봐주세요."

"알겠습니다. 이 일은 임 총관과 같이 처리하겠습니다."

"그렇게 하세요."

장호는 유병건의 의견을 받아들였다.

다른 소작농을 흡수한다.

아주 좋은 생각이다. 기존 토호들에게 좋은 압박을 가할 수 있으리라.

그리하면 스승의 의지를 천하에 펼칠 수 있겠지.

"그 외에는 문제가 없나요?"

"예."

"좋습니다. 그럼 잘 처리해 주세요."

"살펴 가십시오."

장호는 그렇게 유 총관과의 면담을 가볍게 끝냈다.

『의원귀환』 8권에 계속…

천산루

조돈형 新무협 판타지 소설

FANTASTIC ORIENTAL HEROES

『궁귀검심』,『장강삼협』의 작가 조돈형
그가 그려내는 새로운 이야기!

무림삼비(武林三秘)

천외천(天外天), 산외산(山外山), 루외루(樓外樓).

일외출(一外出), 군림천하(君臨天下)!
이외출(二外出), 난세천하(亂世天下)!
삼외출(三外出), 혈풍천하(血風天下)!

가문의 숙원을 위해, 가문을 지키기 위해
진유검, 무림의 새로운 질서를 세우다!

Book Publishing CHUNGEORAM

The Record of Dragon's Return

재중 귀환록

푸른 하늘 장편 소설
FUSION FANTASTIC STORY

『현중 귀환록』, 『바벨의 탑』의
푸른 하늘 신작!

이계를 평정한 위대한 영웅이 돌아왔다!

어느 날 갑자기 찾아온 부모님의 죽음.
그리고 여동생과의 생이별.
모든 것을 감당하기에 재중은 너무 어렸다.
삶에 지쳐 모든 것을 포기할 때, 이계에서 찾아온 유혹.

"여동생을 찾을 힘을 주겠어요.
…대신 나를 도와주세요."

자랑스러운 오빠가 되기 위해!
행복한 삶을 위해!

위대한 영웅의
평범한(?) 현대 적응이 시작된다!

Book Publishing CHUNGEORAM

유행이 아닌 자유추구 -
WWW.chungeoram.com

Sanctum
생텀

이영균 판타지 장편 소설
FUSION FANTASTIC STORY

취재 현장에서 맞닥뜨린 녹색 괴물.
그리고 무혁은 한 번 죽었다.

**죽음에서 깨어난 무혁에게 다가온 것은
숨겨졌던 이세계, 생텀의 존재였다!**

현대에 스며든 악신 투르칸의 잔인한 손길.
생텀에서 온 성녀 후보 로미와 도멜 남작을 도우며
무혁의 삶은 점차 비일상에 접어드는데……

**이계와의 통로는 과연 우연인 것인가?
생텀(Sanctum)의
진정한 의미를 찾아라!**

Book Publishing CHUNGEORAM

뮤혐이아님 자유추구
WWW.chungeoram.com

무경 新무협 판타지 소설

暗帝귀환록

FANTASTIC ORIENTAL HEROES

마흔에 이르기도 전에 얻은 위명.
암제(暗帝).

무림맹의 충실한 칼날이었던 사내.
그가 무림맹 최후의 날에
모든 것을 후회하며 무릎을 꿇었다.

"만약 그때로 돌아갈 수 있다면……"

사내의 눈이 형용할 수 없는 빛을 토했다.

"혈교는 밤을 두려워하게 될 것이다!"

Book Publishing CHUNGEORAM

유행이 아닌 자유추구 -
WWW.chungeoram.com

전혁 新무협 판타지 소설
FANTASTIC ORIENTAL HEROES

王侯將相

왕후장상

『월풍』,『신궁전설』의 작가 전혁이 전하는
유쾌, 상쾌, 통쾌 스토리, 『왕후장상』!

문서 위조계의 기린아 기무결.
사기 쳐서 잘 먹고 잘살던 그에게 날벼락이 떨어졌다.
바로 녹슨 칼에서 나온 오천만 냥짜리 보물지도!

기무결에게 내려진 숙제,
오천만 냥을 찾아라!

그러나 꼬인 행보 끝 도착한 곳은 동창의 감옥이었으니……

"으아악! 이게 뭐야!! 무림맹이 왜 여기 있는 거야!"

천하제일거부를 향한 기무결의
끝없는 도전이 시작된다!

용마검전

FANTASY FRONTIER SPIRIT

김재한 판타지 장편 소설

「폭염의 용제」, 「성운을 먹는 자」의 작가 김재한!
또다시 새로운 신화를 완성하다!

『용마검전』

사악한 용마족의 왕 아테인을 쓰러뜨리고
용마전쟁을 끝낸 용사 아젤!

그러나 그 대가로 받은 것은 죽음에 이르는 저주.
아젤은 저주를 풀기 위해 기나긴 잠에 빠져든다.

그로부터 220년 후……

긴 잠에서 깨어난 아젤이 본 것은
인간과 용마족이 더불어 살아가는 새로운 세상이었다.

Book Publishing CHUNGEORAM

유행이 아닌 자유추구 -
WWW.chungeoram.com